双葉文庫

神様たちのお伊勢参り 7

波乱の戌神捕り物劇

竹村優希

JN054494

燦《さん》

「やおよろず」唯一の常駐従業員。
物静かで無表情。見た目は子供だが、仲居をこなしつつ、厨房を任されている料理人。

谷原芽衣《たにはらめい》

不運続きの中、思いつきで伊勢神宮へ神頼みにやってきた。
楽天家で細かいことは気にしない。天のはからいにより「やおよろず」で働くことに。

シロ

天と同じく、ヒトの姿に化けられる白狐。芽衣のことを気に入っていて、天をライバル視している。神様相手の商売を画策中。

天《てん》

元は荼枳尼天《だきにてん》に仕える狐だが、出稼ぎと称して神様専用の宿「やおよろず」を経営している。

性格はぶっきらぼうだが、日々やってくる沢山の神様たちを一人で管理するやり手な一面も。

仁《じん》

天と共に荼枳尼天に仕えていた兄弟子。
陸奥の神様専用宿「可惜夜《あたらよ》」の主。

因幡《いなば》

昔話で語り継がれている、因幡の白うさぎ。
過去に大国主に救われて以来飼われている。
ずる賢くイタズラ好き。

プロローグ

平和な日々は、不安だ。

芽衣《めい》は最近、ふとした瞬間にそう思う。

燦《さん》と仁《じん》の運命を変えるため、天《てん》とともに過去へ行き、散々恐ろしい目に遭ったのはつい一か月前のこと。

あのときの芽衣は、必ず日常を取り戻すという並々ならぬ気概《きがい》を持って、必死に運命に抗《あらが》った。

結果、望んだ通りの結末を迎えることができたというのに、こうしていざ平和な日々が戻って来ると、妙に落ち着かない。

平和であればある程、いつ脅かされるかわからないという警戒心がじわじわと心に広がりはじめ、平穏な気持ちで過ごすことができないでいる。

ヒトとは不憫《ふびん》な生き物だと、芽衣はしみじみ感じていた。

＊

「――芽衣さん。立派な鯛《たい》が手に入ったと因幡《いなば》から聞いたのだけど、私にも頂けるかしら？」

厨房《ちゅうぼう》を覗《のぞ》いて声をかけてきたのは、黒塚《くろづか》。

黒塚こそ、まさに芽衣が過去を変えねばならなくなった元凶だ。

過去が変わったことで、黒塚が恐ろしい妖《あやかし》と化すことは避けられたものの、新しい未来での黒塚はやおよろずに連泊し、こうしてたびたび芽衣に絡む。

それだけなら、別に文句はない。

芽衣が気になって仕方がないのは、黒塚がやたらと天に色目を使うことだ。

ただでさえ、黒塚は文句なしに美しい。神々までもが恐れる程、圧倒的な力を持つ妖《あやかし》だった過去を知る芽衣にとっては、とても信じられない。

その上、溢《あふ》れんばかりの色気を纏《まと》っているものだから、気が気ではなかった。

「……鯛、ですか」

「ええ。天様に晩酌に付き合っていただこうと思って」

思わず、芽衣の眉《まゆ》がピクリと反応する。

同時に、黒塚が楽しげに目を細めた。

つい先日、「そうやってわかりやすく反応するからこそ、余計に面白がられるのだ」と、やたらと一喜一憂する芽衣を見かね、因幡《ば》が助言をくれたばかりだ。

ただ、頭ではそう思っていても、感情をコントロールできるかどうかはまた別問題だった。

「お刺身がいいのだけど……、燦ちゃんはいないのね。残念だわ。さすがに芽衣さんの腕で鯛を捌《さば》くのは難しいでしょうし」

「……」

「では、後でまた」

「できますよ……、お刺身くらい……」

「おや」

黒塚が袖で口元を隠しながら、クスクスと笑う。

挑発されている、と。

たちまち頭に血が上った芽衣は、戸棚から自分の包丁を取り出した。

「すぐに作ります……！」

「あらまあ、恐ろしい」

笑う黒塚のことは無視して、芽衣は乱暴に冷蔵庫を開ける。

ちなみに、正確には冷蔵庫ではなく氷を使って冷やす氷室《ひむろ》だが、現代的なものと古いものが共存するやおよろずでは、もはや呼び方をあまり気にしていない。

どうせなら、かまどもガスコンロに変えてもらいたいところだが、火の神様を祭っているため、それはやらないらしい。

冷蔵庫の中には、黒塚が話していた通り、ざるに乗せられた立派な鯛がそのまま入っていた。

芽衣はそれを取り出すと、ひとまず調理台に乗せる。

すると、黒塚がふたたび笑った。

「あら立派な鯛。本当に大丈夫かしら」

「気が散るので、部屋に戻っていてもらえます……？」

そう言うと、ようやく黒塚は厨房を去っていく。

芽衣はほっと息をつき、袖を捲《まく》って気合を入れた。

「見てなさいよ……」

ちなみに、鯛が捌けると口にしたのは、強がりではない。

磐鹿六雁命《いわかむつかりのみこと》から包丁を賜《たまわ》ってからというもの、ときどき燦に習いながら料理の練習をしているし、少しずつ上達もしている。

ただ、——あえて言うなら、鯛は骨も鱗《うろこ》も固く、少し苦手だ。

とはいえ、今さら引き下がれない芽衣は、ひとまず鱗を丁寧《ていねい》に取った後で、鯛をまな板の上に載せた。

それから頭を落とすと、まずは背びれに沿うように浅く包丁を入れ、次に、刃先が背骨に当たるまで深く包丁を入れていく。

続いて腹側からも同じように包丁を入れ、中骨を切り離せば半身が取れるわけだが、鯛の中骨はとても固く、そこが難しいポイントでもある。

芽衣は、刃が中骨に触れると、包丁を握る手に思いきり力を込めた。

すると、小気味よい感触とともに骨は切れ、半身が切り離される。

「できた……！」

たちまち、気持ちが高揚した。——しかし。

一度包丁を拭おうとした瞬間、芽衣は目を見開く。

包丁の刃の一部が、わずかに欠けていたからだ。

「嘘《うそ》……」

芽衣は焦り、改めて刃を確認する。

欠け自体はたいしたことなく、料理にもさほど支障はなさそうだが、芽衣が気にしているのはそこではなかった。

そもそも、包丁の刃が欠けることなんて、そう珍しいことではない。

問題なのは、それが、磐鹿六雁命から賜った包丁であるということ。

磐鹿六雁命は、包丁を、命だと話した。

懐から巨大な包丁を取り出し、唖然《あぜん》とする芽衣に、「お前の命もそこにあるだろう」と。

だからこそ、突然欠けてしまったことが虫の知らせのようにも思え、不安に感じてならなかった。

「さすがに、考えすぎかな……」

つい零《こぼ》れるひとり言。

今考えても仕方ないと思うものの、心はなかなか落ち着かなかった。

考える程に、磐鹿六雁命と出会った頃の思い出が、次々と頭を過《よぎ》る。

それは、芽衣がこの世界に迷い込んで間もない頃。

当時の芽衣は、やおよろずが神様専用の宿であるという事実をいまだに受け入れられておらず、終始戸惑っていた。

そんな中、初めて目にした磐鹿六雁命の屈強な姿があまりに恐ろしく感じられたことを、今でもはっきりと覚えている。

だからこそ、実際に会話したときの包み込まれるような優しい雰囲気に、ずいぶんほっとしたものだ。

懐かしい、と。

低くて心地の良い声を思い出し、芽衣の心がじわりと暖まる。

同時に、ふと、「来年もまた来よう」という、二人の間で交わした再会の約束を思い出した。

当時、季節は春。

今はもう夏も終わりかけ、あれから一年半程が経つというのに、考えてみればいまだ磐鹿六雁命の姿を見ていない。

約束を違《たが》えるとはどうしても思えず、芽衣の不安はより深まっていく。

そのとき、ふいに天が顔を出した。

「芽衣」

「……天さん」

「どうした?」

芽衣の様子に違和感を覚えたのだろう、天は芽衣の顔を見るやいなや眉根を寄せ、傍へやってきた。

芽衣は手にした包丁を、天に見せる。

「刃が欠けちゃったんです。これ、磐鹿六雁様から賜った包丁なんですけど……、なんだか嫌な予感がして」

「磐鹿六雁命、か」

「考えすぎでしょうか……」

「そういえば、今年はまだ予約がないな」

天は、わずかに瞳を揺らした。

そして、顎《あご》に手を当て遠くを見つめる。

「そうですよね……。昨年の春、来年も必ず来るって約束してくれましたし、もしかしてなにかあったんじゃないかって、気になってしまって。……来たくても、来れないとか……」

芽衣が不安を口にすると、天はしばらく黙って考え込んでいた。

けれど、やがて芽衣に視線を戻し、首を横に振る。

「あの屈強な磐鹿六雁が厄介《やっかい》ごとに巻き込まれるとは考えにくい。そこらの妖が安易に手を出せるような相手じゃないからな」

「それは、私もそう思うんですけど……」

「あれから、うちにもいろいろあったろう。それを察して遠慮したっていう可能性もなくはない」

「いろいろ?」

そう言われて考えてみると、確かにここ一年のやおよろずには、天が言う通りいろいろなことがあった。

茶枳尼天《だきにてん》の来訪騒ぎのときには、しばらく休業もしている。

いくら約束したとはいえ、タイミングが合わなかったと言われれば、納得せざるを得ない。

「そっか……。だったら仕方がないですね……。でも、お伊勢《いせ》参りには行かれたんでしょうか……?」

「さすがにそこまではわからない。だが、よほどのことがない限りは、年に一度は参っているはずだ。うちを贔屓《ひいき》にしてくれてはいるが、風の速さで移動する磐鹿六雁は、本来ならわざわざ伊勢に泊まる必要がないからな」

天の予想に、不自然な点はどこにもなかった。

たくさんの常連を持つやおよろずの主人が言うのだから、きっとそうなのだろうと芽衣は思う。――けれど。

「心配ない、ですよね……？」

それでも、芽衣の不安はどうしても拭えなかった。

妙に含みのある返事をしたせいか、天がやれやれといった様子で、芽衣の肩にそっと触れる。

「磐鹿六雁が伊勢神宮《いせじんぐう》を参ったかどうか、豊受大御神《とようけのおおみかみ》なら知っているはずだ。気になるなら、燦に聞いてもらえばいいだろう」

「そっか……！」

それは、名案だった。

今年、磐鹿六雁命がお伊勢参りに行ったという事実が知れたなら、当然、芽衣の不安は解消される。

芽衣はようやく少しほっとして、天に笑みを向けた。

「後で燦ちゃんに頼んでみます！」

「ああ」

そして、ふたたびまな板の上の鯛と向き合った。――しかし。

「……っていうか……、天さんって、今から黒塚さんの……」

捌きかけの鯛を見た瞬間、今度は、黒塚から聞いた言葉が蘇《よみがえ》った。

「黒塚がどうした？」

「……黒塚さんの、部屋に……」

「なに？」

天は眉を顰《ひそ》め、言い淀む芽衣の顔を覗き込む。

見つめられると余計に言い辛く、芽衣は不自然に目を逸らした。

〝黒塚さんの部屋に行ってお酒を呑むんですか〟と。そんなたったひと言が、やたらと意識してしまって、上手く声にならない。

もっとサラリと訊けたなら変に思われずに済むのにと、後悔するものの、ここからの立て直しは到底不可能だった。

結局、芽衣は曖昧《あいまい》に笑って誤魔化しながら、首を横に振る。

「い、いえ……。なんでもないです、すみません」

「……おい」

「いや、ほんと、気にしないでください。ってか、なにを聞こうとしてたんだっけ……。忘れちゃいました……」

問い詰められることを警戒し、芽衣は必死に誤魔化した。すると、天は芽衣との距離をさらに詰める。

これでは逃げられないと、芽衣は硬直した。——けれど。天は突如、芽衣の髪にそっと触れる。

「ちょっ……、天さ……」

「おい、動くな。……取れる」

どうやら天は、外れかけた髪留めを留めなおそうとしてくれているらしい。

チラリと見上げれば、天はいつも通りの平然とした表情で、落ちかけた髪を器用に掬《すく》った。

芽衣は、大袈裟《おおげさ》に焦ってしまった自分が恥ずかしくなった。

天との距離は、わずか十数センチ。

ふわりと漂う甘い香りと、髪に触れられる心地よさで、気持ちが徐々に落ち着きはじめる。

「……直った」

「ありがとうございます……」

天は芽衣から離れると、厨房を隔てるカウンターまで戻った。そして頬杖《ほおづえ》をつき、なにやら考えごとをはじめた。

その様子が少し気になりながらも、芽衣はふたたび包丁を握り、捌きかけの鯛と向き合う。

ただ、裏側の半身を切り離そうとしても、なぜだか、さっきのように上手くいかなかった。

集中の邪魔をしているのは、天の存在に他ならない。

最近の芽衣は、天のちょっとした行動や言動に、やたらと翻弄《ほんろう》されている自覚があった。

天にとって、自分はいったいどういう存在なのだろう、と。

それは、出会った頃から漠然と考えていた疑問だが、最近は少し意味が変わっている。ついでに言えば、込められた切実さも。

キッカケは、黒塚がやおよろずの日常に加わってから。

ついさっき黒塚が口にした「晩酌に付き合ってもらう」という発言然り、芽衣は黒塚の言葉にいちいち動揺し、思うままに弄《もてあそ》ばれながら、その答えを知りたいと思うようになった。

とはいえ――、最近の天が芽衣に対してやたらと過保護であることも、十分自覚している。

それどころか、天はシロや仁を相手にわかりやすく嫉妬《しっと》し、さらに「独占欲が強い」とまでサラリと口にしていた。

いくら鈍い芽衣であっても、天が自分に執着してくれていることには、さすがに気付いている。

そして、そこに少なからず好意が含まれているということも。

けれど、一方で、天と自分との間の距離をこれ以上縮めることは難しいのではないかと、そう考えてしまっている自分もいた。

なぜなら、芽衣と天とでは時間の概念も違えば、寿命もまったく違う。

ヒトである芽衣が天に関われる時間は、天の長い寿命において、おそらくほんの一瞬のことだろう。

しかも、たとえ長く生きられたとしても、天は元々荼枳尼天の使いであり、いずれはあるべき場所へ帰る身だ。

それに、芽衣だって、必死にこの世界に留まろうとしているものの、いつまた体が消えてしまうかわからない。

これまではなんとか抗ってきたけれど、突如、自分の力ではどうにもならない大きな力が働く可能性は、十分に考えられた。

そんなことを考えはじめると、黒塚に対する嫉妬すら不毛なのではないかと、ついネガティブな気持ちが込み上げてくる。

結局、――今はただ、傍にいられればいい、と。

毎回、無理やり気持ちをそこに落ち着かせるものの、いつまで感情がコントロールできるかは、芽衣にもわからない。

「はぁ……」

思わず溜め息をつくと、天からの視線が刺さる。

「どうした」

「あ、すみません、……つい」

「磐鹿六雁のことなら、今考えても仕方がないだろう」

「……です、よね」

天は、いつもはやたらと鋭いくせに、稀《まれ》に鈍い。

芽衣は内心助かったと思いながら、ようやく鯛を捌き終えた。

「――豊受大御神様は、磐鹿六雁様のお姿を見ていないって言ってた」

それは、翌日のこと。

燦は、芽衣から相談を受けるとすぐに外宮《げくう》へ向かい、豊受大御神に磐鹿六雁命のことを確認してくれた。

伝えられた事実に、芽衣の不安が膨らむ。

「そっか……。やっぱり来てないんだ……」

「うん。内宮《ないくう》の前に必ず外宮をお参りするはずだから、豊受大御神様が見てないってことは、そういうことだと思う」

やおよろずに寄らなかっただけだという天の予想に希望を託していたものの、残念ながら当たらなかった。

「でも……、もしかしたら、これから来る予定なのかもしれないよね……？　だってまだ秋だし……。考えすぎ、だよね？」

芽衣は縋《すが》るような気持ちで燦を見つめる。

しかし、燦は首を縦には振らなかった。複雑な表情を浮かべたまましばらく考え込み、言いにくそうに口を開く。

「芽衣。……磐鹿六雁様がいらっしゃるのは、いつも春なの。だから……。急に時期を変えるなんて、少し変かもしれない」

「……そっか」

燦の言葉を聞き、芽衣の心が鈍く疼《うず》いた。ただ、それは薄々、芽衣の頭の片隅にあった違和感でもあった。

そもそも、あらゆる神事の日程は、毎年きっちりと決められている。

それらを軸にして予定を立てたならば、神様たちが神社を離れられる機会はそう多くないはずだ。

予定を考慮した上で、磐鹿六雁命にとってお伊勢参りに来る都合のよい時期は、春なのだろう。

実際に毎年春に来ているという話だし、よほどのことがない限り、それを変更するとは考えにくい。

芽衣はしばらく黙って考え込んだ。

やはり、どうしても、磐鹿六雁命のことが気がかりでならない。

なんとか今の様子を知る方法はないものかと思うものの、当然ながら、芽衣はその手段を持っていなかった。

こういうとき、この世界でいかにヒトが無力なのかを痛感する。

するど、そのとき。

ふいに、厨房に黒塚が顔を出した。

「――磐鹿六雁様は、とてもお優しいから。……おかしな妖にかどわかされていたりして」

どうやら、厨房の外からすべてを聞いていたらしい。

芽衣は少しムッとするものの、今はそんなことよりも、黒塚が言った内容が引っかかった。

「かどわかされるって……、どういうことですか」

「あのお方はとても真面目だし、弱き者に寄り添うとっても広い心をお持ちだから、その分悪しき者には容赦がないの。つまり、妖たちにとってはさぞかし面倒な存在だろうと思って。案外、多くの逆恨みを買っているんじゃないかしら」

それは、芽衣の不安を余計に煽る言葉だった。

とはいえ、現時点ではあくまで黒塚の予想の域を超えない。

またからかわれているのかもしれないと、芽衣はひとまず鵜呑《うの》みにしないように、なんとか気持ちを抑えた。

相手は黒塚なのだから、慎重になるに越したことはない。芽衣は、一度深呼吸をする。

「たとえそうだとしても……、磐鹿六雁様っていかにも強そうですし、妖なんて簡単に追い払えるんじゃないでしょうか……」

磐鹿六雁命は料理の神様だが、その姿はこれまでに出会って来た神様たちの中でも、かなり大きく屈強だ。

たとえば道臣命《みちおみのみこと》のような、神武《じんむ》天皇の東征《とうせい》に加わった名のある武神たちと比べたとしても、決して引けをとらない程に。

しかし、黒塚は目を細め、可笑《おか》しそうに笑う。

「あら、芽衣さん。妖は、とってもずる賢いのよ。それに、相手が真面目であればある程騙《だま》しやすいわ。おおかた磐鹿六雁様も——」

「ちょっと……、そんな言い方しないでください……」

「あら、怖い」

磐鹿六雁命を馬鹿にされた気がして、芽衣は思わず言葉を挟んだ。すると、黒塚はクスクスと妖艶に笑いながら、厨房を立ち去る。

ただ、——残念ながら、黒塚の言葉をすべて否定するわけにはいかなかった。

なぜなら、芽衣もこれまでにたくさんの妖を見てきたし、その中には確かにずる賢い者も、神々をも脅かしかねない恐ろしい能力を持つ者もいた。

そもそも黒塚だって、もし歴史が変わっていなければ、高僧《こうそう》ですら封印できない程の強大な力を持つはずだったのだ。

妖という存在を軽視するわけにはいかず、芽衣は重い溜め息をつく。

「芽衣。……なにか情報を知らないか、お客さんたちにも聞いてみるね」

「うん。ありがとう……」

不安ばかりが心に広がっていく中、燦の気遣いは大きな癒《いや》しだった。

芽衣は、あまり心配をかけすぎないようにと、なんとか笑顔を繕った。


その夜、芽衣はなかなか寝付けなかった。

真夜中になっても眠気は一向に訪れず、結局諦め、起き上がって厨房へ向かう。

思い付いたのは、包丁の手入れをすることだ。

包丁を研いでいれば、いつも自然と無心になれた。たとえ悩みごとがあったとしても、このときだけは忘れられる。

それに、芽衣の包丁は、昨日欠けてからというもの、まだ上手く修復ができていなかった。

欠けた刃を調整するためには、ひたすら研ぎ、新しい刃を削り出す必要がある。

ほんのわずかな欠けだが、元通りにしようと思えば時間もかかるし、なかなかの重労働だ。

芽衣は黙々と、包丁を砥石《といし》に滑らせる。

ただ、――いつもなら数分もせずに頭の中が空っぽになるのに、今日ばかりは、そういうわけにはいかなかった。

むしろ、研げば研ぐ程、磐鹿六雁命のことを考えてしまう。

――もし、なにか恐ろしい目に遭われていたら……。

ふいに過った予想に、心臓がドクンと大きく鼓動した。――瞬間。突如、刃を滑らせるリズムが狂う。

やばい、と。

そう思ったときには、もはや手遅れだった。たちまち、左手の人差し指の先に、刃が深く沈み込む感触と熱が走る。

芽衣は慌てて手から包丁を離した。

受けた感触から、深い傷を負ったことは明らかだった。

慌てて指先を確認すると、予想通りパックリと傷口が開いている。――しかし。

「あれ……？」

普通ならたちまち血が溢れてもおかしくないくらい傷は深いのに、いつまで待っても、その断面から血が流れる気配はなかった。

あまりに奇妙な光景に、芽衣はポカンと放心する。

恐る恐る指を圧迫してみても、なんの変化もない。

それは、どう考えても、常識では考えられない現象だった。

「なんで……」

呟《つぶや》きは、震えていた。

なぜなら、そのときの芽衣の心には、もっとも避けたい恐ろしい予想が過っていたからだ。

傷を負っても血が出ないなんて、ヒトと言えるのだろうかと。まさか自分は、――ヒトではなくなりかけているのではないかと。

根拠なんてもちろんなく、ただの予想に過ぎない。

ただ、芽衣は自分の体が消えかけたとき、ヒトがこの世界にいればなんらかの弊害が生じるのではないかと、密かに考えていた。

もしそれが正解だったとして、傷を負っているというのに血が出ないなんて、ある意味、体が消えるよりも得体の知れない不気味さがある。

長くこの世界にいる天だって、怪我《けが》をすれば当然出血するし、芽衣は実際にそれを何度か目にした。

そう考えると、自分に起きていることがいかに異常なのか、自覚せざるを得なかった。

芽衣は額に滲《にじ》んだ嫌な汗を拭う。

現時点では、この現象の原因も行きつく結末もまったくわからないのに、頭のずっと奥の方では、最悪な予想ばかりがどんどん膨らんでいた。

「これって……、まるで、妖みたい……」

口にすると、背筋がぞくりと冷える。

そんなわけないと思いたいのに、ぱっくりと開いた傷口が、それを否定させてくれなかった。

なぜなら、これまでに芽衣が見てきた妖の多くは実体が曖昧なものばかりで、直接の危害を加えることができない、奇妙な存在だった。

この世界においての生と死の概念はわからないが、おそらく、そこには明確な差異がある。

たとえば、怪我をするかしないかもその基準のひとつだったならば、と。

芽衣はそこまで考えて、大きく首を横に振った。

ありえないと心の中で唱えるものの、頭に浮かんでくるのは黒塚の存在。芽衣にとって黒塚は、ヒトが妖になり得るという恐ろしい事実を知るキッカケになった。

そして、それ以降、芽衣は心のどこかで、自分が妖と化す可能性もゼロではないのだと考えるようになった。

ただの予想をどんどん飛躍させるのはよくないと思いながら、一度恐怖を覚えてしまった以上、そう簡単に拭い去れない。

芽衣は身動きも取れないまま、次第に速くなっていく鼓動に戸惑う。

するとそのとき、厨房の入り口に、よく知る気配を感じた。

「芽衣」

立っていたのは、天。

芽衣がビクッと肩を震わせると、天は異変を感じ取ったのか、すぐに傍に来て芽衣の顔を覗き込む。

「どうした」

「あ、……いえ」

反射的に背中に隠そうとした左手は、すぐに捕えられた。

天は芽衣の指先の傷を見つけると、わずかに眉を顰める。

その反応は、芽衣の不安をさらに煽った。

天がなにを考えているのか、今ばかりは透けて見えてしまいそうで、思わず俯く。

――けれど。

「これまでに、この包丁で傷を負ったことはあるか？」

「え……？」

投げかけられたのは、予想もしない質問だった。

その意図がわからないまま、芽衣はふと過去の記憶を辿《たど》る。けれど、包丁を賜って以来、怪我を負った記憶はなかった。

首を横に振ると、天はほっと息をつく。そして、芽衣の頭にそっと手のひらを乗せた。

「ただの予想でしかないが……、磐鹿六雁の包丁は、ヒトを傷つけないようになっているのかもしれない」

「傷つけない、って……」

「普通に使っているが、それは磐鹿六雁命の命の一部だ。普通の包丁と同じはずがない。おそらく、これまでは切っても気が付かなかっただけだろう。そもそも、お前の性格上、包丁を握ってひとつも傷を作らないはずがない」

「そんなこと……っ」

反論しようとすると、天は笑った。おそらく天は、芽衣を安心させてくれようとしているのだろう。

その優しさのお陰で、心が次第に落ち着きを取り戻していく。

「人を傷つけない、ですか……」

「何度も言うが、俺の予想だ。だが、その可能性は十分にある」

芽衣はゆっくりと頷《うなず》いた。

この世界で長く生きている天からそう言われると、やけに安心感がある。

ただ、だとしても――、心に生まれた不安は、あまりにも大きすぎた。

もし自分が妖になってしまったら、と。そんな恐ろしい予想から、どうしても逃れられない。

すると、そのとき。

天がふいに、芽衣の手を握った。

「確かめに行くか?」

「え……?」

言葉の意味を理解するには、少し時間が必要だった。

「……」

誘導されるままに答えながら、これでは完全に老爺のペースだと、芽衣はひとまず口を噤《つぐ》んだ。

いまだこの老爺のことはなにもわかっていないのに、このままでは芽衣の正体が完全に明かされてしまう。

芽衣は一旦冷静になるため、ゆっくりと息を吐き、頭の中を整理した。

すると、焦りで混沌としていた頭の中に、磐鹿六雁命の情報を聞き出すという最大の目的が、はっきりと浮かび上がる。

ただ、それを果たすためには、まずこの流れを変え、投げかけた質問に答えてもらう必要があった。

「あなたは、……海座頭なんですね」

芽衣は必死に焦りを隠し、ふたたび同じ質問をする。

すると、老爺はしばらく芽衣の目を見つめ、まるでゲームに参加することを決めたとでも言わんばかりの楽しげな笑みを浮かべた。

「教えてほしいかい？」

「……はい」

ポカンとする芽衣に、天は小さく笑い声を零す。

「簡単だろう。本人に聞けばいい」

「えっと……、本人、っていうのは」

「磐鹿六雁だ」

芽衣は驚き、言葉を失う。

ただ、それは、これ以上ないくらいの名案だった。

会いに行けば、不安だった磐鹿六雁命の安否も、お伊勢参りに来れない事情も知れ、包丁の真相も聞くことができる。

ただ、そうするには、少なからず問題もあった。

磐鹿六雁命が祭られているのは、主に、栃木《とちぎ》の高橋《たかはし》神社。ヒトである芽衣が一人で訪ねるには遠すぎるため、当然、天の同行が必要となる。

その場合は、天がやおよろずを留守にしなければならない。

「ですけど、やおよろずは……」

不安げに尋ねると、天は平然と首を縦に振った。

「燦がいる。磐鹿六雁のことはあいつも気にしてたし、むしろ賛成するだろう。……それに、あのチャラチャラした白狐が現れて以来、この辺りには雌狐がやたらと増えたからな……。簡単な手伝いを頼めるくらいの者なら、捜せばいくらでも見つかるだろう」

雌の狐が増えたというのは初耳だったけれど、それを聞いて芽衣の不安はあっさりと解消した。

やがて、じわじわと喜びが込み上げてくる。

「いいん、ですか……?」

「ああ。これ以上心配ごとが増えて、怪我ばかり増やされても困る」

「天さん……」

皮肉を言いながらも、天の表情は優しい。

芽衣は天の手を両手で握り返し、何度も頷いた。

こうして、芽衣たちは高椅神社を訪ねることになった。

燦は、予想していた通り快く留守を頼まれてくれ、天はすぐに狐たちに声をかけ、やおよろずの手伝いを手配した。

準備が整うまでに要したのは、たったの二日。

大きな不安を抱えながらも、――二人の新たな旅が始まろうとしていた。

第一章　海に消えた神と妖の罠

天の背中に乗って高椅神社へ着くまでの間、芽衣は磐鹿六雁命と出会った頃のことを思い出していた。

芽衣にとって、磐鹿六雁命とは、やおよろずで初めてまともに接客した神様でもある。

それだけに、特別な思い入れがあった。

忘れられないのは、磐鹿六雁命が「鯉《こい》の明神《みようじん》」という異名を持つ程に鯉を大切にしていることを知らず、邪神にそそのかされるまま、鯉を食事として献上してしまった失態。

そんな失礼なことをしでかしたというのに、磐鹿六雁命は怒りもせず、ただただ優しかった。

大切な包丁を芽衣に託し、そのお礼に来年は料理を作って欲しいと言われたことを、今もはっきりと覚えている。

芽衣が料理の練習を続けてきたのも、その約束を果たすために他ならない。

あれから一年以上が経ち、料理の腕は飛躍的に上達した——とは言えないが、磐鹿六雁命が来たときに作りたい料理を、芽衣はときどき頭の中で想像していた。

そんなことを考えていると、ふいに、天が速度を緩める。

おそらく、高椅神社が近いのだろう。

芽衣は顔を上げ、——目の前に広がる光景に、思わず目を見開いた。

まず目に飛び込んできたのは、巨大な楼門《ろうもん》。

すっかり日は落ち辺りは真っ暗だが、灯籠《とうろう》に照らし出されたそれはとても大きく、美しく、巨大な屋敷と見まごうばかりだった。

いたるところに細かい彫刻が施され、もはや、それ自体が芸術品のようにすら感じられる。

その手前には重厚感のある鳥居が立ち、重ねて見てみれば、もとはひとつであったかのようにしっくりと馴染《なじ》んでいた。

ここは、神様がいる場所なのだ、と。それを改めて認識させられるような、荘厳《そうごん》で神々しい光景に、心がきゅっと引き締まる。

「行くぞ」

天はさすが慣れたもので、いまだ興奮覚めやらない芽衣を他所《よそ》に、さっさと鳥居を抜け、楼門を潜った。

「ま、待ってください……！」

慌てて後を追うと、天はさりげなく芽衣の手を取り、まるで確認するかのように、指先の傷に触れた。

「痛いか？」

「いえ。……変な感じですけど、痛くはないです」

「それにしても……、お前には、次から次へと妙なことばかり起こる」

「すみません……」

謝ってみたものの、天が迷惑に思っていないことは、その穏やかな口調から明らかだった。ぶっきらぼうな態度が妙にくすぐったく、思わず頬が熱を持つ。

芽衣は、暗くてよかったと心から思った。

熱を振り払うように歩くと、やがて、灯篭の並ぶ参道の先に本殿が見える。

そして、そのとき。

本殿の手前に立つ、小さな影が目に入った。

「誰かいますね……」

「巫女《みこ》だろう」

言われてみれば、遠目にも、巫女の装束を纏っていることが確認できる。徐々に近付くにつれ、その華奢《きやしや》さも、整った顔立ちも、どことなく燦に似ていた。おそらく、狐なのだろう。

茶枳尼天や豊受大神がそうであるように、磐鹿六雁命もまた、狐を使いにしているらしい。

そのかわいらしい姿に、芽衣の頬がつい緩む。

「こんばんは。……高椅神社の巫女さんですか？」

尋ねると、巫女はコクリと頷いた。

「はい。あの、朱《あけ》といいます」

口調が少したどたどしい。その上、かなり動揺しているのか、言い終えないうちに頭から耳がぴょんと飛び出し、慌てて両手で押さえつけた。

「ふふっ……」

その様子に芽衣がつい笑うと、朱の目がじわりと潤んだ。芽衣は慌てて姿勢を下げ、目線を合わせる。

「ご、ごめんなさい……。あまりに可愛らしいものだから……。えっと、私は芽衣といいます。それから、こちらが天さん」

するると、朱は二人を交互に見た後、ただでさえ大きな目をさらに見開いた。

「あっ……！　やおよろずの……！」

「知ってるの……？」

やおよろずと口にした朱に、芽衣は驚く。

すると、朱はすっかり緊張を解いた様子で、芽衣の手を両手で包んだ。

「聞いておりました！　素敵なお宿があることも、そこに、不思議なヒトがいることも！」

興奮のあまりか、今度は尻尾《しっぽ》までぴょこんと飛び出しているというのに、構う様子はない。

芽衣はなんだか嬉しくなって、朱に微笑んだ。

「磐鹿六雁様から聞いたの？」

「はい！」

「私のこと、話してくれてたんだ……。嬉しい」

芽衣は、自分にとって出会った日がどれだけ特別であったとしても、磐鹿六雁命にとっては、ほんの一瞬の些細《ささい》なことだろうと思っていた。

しかし、朱の反応を見て、磐鹿六雁命が自分のことを大切に覚えてくれていたのだと知り、心がふわりと温もる。

同時に、磐鹿六雁命に会いたい気持ちがさらに膨らんだ。

「朱。それで、磐鹿六雁は？」

天は、まるで芽衣の心境を察したかのようなタイミングで尋ねる。

しかしそのとき、突如、朱の表情が曇った。

「それが……、お戻りにならないのです」

「え……？」

「天照大御神様に献上する蛤《はまぐり》を獲りに海へお出かけになり、それ以来……」

頭の上の耳が、ぺたんと力なく伏せられる。

やはり、嫌な予感は勘違いではなかったらしい。芽衣の心臓は、たちまち不安な鼓動を鳴らした。

「蛤を取りに行ったのはいつだ？」

「もう、半年近く前のことです」

「半年も……！」

この世界に来て以来たびたび感じることだが、神様たちもその周囲も、呆《あき》れる程に気が長い。

時間の概念が違いすぎるのだから当然のことだが、人の世ならば、半年も帰って来なければ大事件だ。

唖然とする芽衣に、朱は縋るような視線を向けた。

「待てど待てど、お戻りにならず……。毎日毎日とても寂しく、不安なのです……。いったいどこへ行ってしまわれたのでしょうか……」

潤んだ目で見つめられると、芽衣の心に、燦を失いかけたときの絶望的な気持ちが蘇ってくる。

芽衣はたまらなくなって、朱の小さな体をぎゅっと抱きしめた。

「大丈夫。私たち、磐鹿六雁様に会いにきたの。……必ず見つけて戻って来てもらうから、安心して」

「本当、ですか……?」

「本当。約束する」

すぐ感情に流されてしまうのは、芽衣の悪い癖だ。だが、逆に誇れる部分でもあった。

もしこういう面がなかったなら、乗り越えられたかわからない出来事はいくつも思い当たる。

とくに、大切な相手が関わっているときは顕著で、決断の基準となるのはいつでも感情だった。そんなときは、たとえ危険な選択を迫られようとも、芽衣が怯《ひる》むことはない。

「それにしても、今どこへいらっしゃるんだろう……。海へ蛤を獲りに行くとしか聞いてないいんだよね？」

「はい。……それに、海といってもあまりに広く……、どちらの海へ行かれたのかも、わからないのです……」

芽衣が尋ねると、朱は表情を曇らせて深く俯いた。

それは無理もなく、そもそも栃木には、海に面している場所はない。

ただ、風の速さで移動する磐鹿六雁命のことだから、海まで出るのにさほど時間は要さないのだろう。

そう考えたとき、芽衣にはひとつの疑問が浮かんだ。

「……ねえ、栃木なら山の幸がたくさんあるでしょう……？　どうして蛤なんだろう……？」

昨年、磐鹿六雁命は去り際に、名産のはと麦をはじめ、たくさんの山の幸を残していってくれた。

その中に、蛤はもちろん、海の幸があった記憶はない。

すると、朱は途端に目を輝かせ、芽衣を見つめる。

「蛤は、特別なのです！」

「特別……？」

「はい！　はるか昔、磐鹿六雁命様は景行《けいこう》天皇様に蛤のお料理をお出しになり、大変お喜びいただきました！　それをキッカケに、膳 大伴部《かしわでのおおともべ》という大役を賜ったのです！」

「えっと……、かしわで……の、おおともべ……？」

「はい！　宮中で料理をする料理人の中で、一番の位なのです」

「す、すごい……！　なるほど……、天皇様に喜んでいただいた食材として、今も献上してるってことなのね……？」

磐鹿六雁命が日本料理の祖神であることは前に天から聞いていたけれど、経緯を聞いたのは初めてのことで、そのスケールの大きさに芽衣は驚いた。

ただ、蛤が必要な理由は明らかになったものの、依然として、行き先のヒントはない。

　ざっくり海だと言われても、そもそも日本は全方位を海に囲まれている。

「まぁ……、海は繋《つな》がってるし。行けばなんとかなる気がする」

　芽衣が呟くと、後ろから天の呆れたような笑い声が聞こえた。

　視線を向けると、天はこくりと頷く。いつも行き当たりばったりな芽衣に、もはや慣れているのだろう。

　しかし、そのとき。

　突如、朱が芽衣の袖をきゅっと引き、不安げな表情を浮かべた。

「芽衣様……。……それが、最近、不穏な噂《うわさ》を耳にしまして……」

「不穏な噂？」

「はい……。高椅神社にいらした神様たちが、おっしゃっていたのです。夜中の海に、恐ろしい妖が出ると」

「妖が……？」

　妖と聞いた瞬間、芽衣の心に緊張が走る。

　思えば、磐鹿六雁命が帰って来ないと聞いた瞬間から、芽衣の頭の片隅には、わずかにその可能性が過っていた。

これまでにも、妙な事件が起こったときには、妖が関わっていることが多かったからだ。

芽衣は、やはりそうかと恐怖を覚える。

ただ、その一方で、単純に怖がっていられたこれまでとは少し違う感情も生まれていた。

芽衣は、指先にある、血が流れないままの切り傷をそっと握った。

もしかすると、自分もいずれは恐れられる存在になるかもしれない。その思いが、心の中で複雑に絡まっている。

「芽衣?」

「あ……、いえ」

ふいに天に名を呼ばれ、芽衣は我に返って首を横に振った。

不安だけれど、今考えてもどうにもならないことだけは確かだ。

芽衣は無理やり気持ちを切り替え、朱を見つめる。

「朱ちゃん、その妖の正体はわからないの……?」

「わかりません……。ですが、海に出る妖といえば、海座頭《うみざとう》ではないかと思うのです……」

「海座頭って？」

「はい。とても大きく、恐ろしく、不気味な妖です……。ヒトを襲ったり、船を沈めたり……、神様たちも手を焼く妖なのだと、磐鹿六雁様から聞いたことがあります……。もし、そんな妖に襲われたのだとしたら……」

朱の表情が、みるみる影を落とす。

「詳しく聞かせてくれる……？　妖の仕業だったとしても、きっとなんとかするから。……磐鹿六雁様は、きっと大丈夫」

まるで自分に言い聞かせているようだ、と。

朱に伝えながら、芽衣は密《ひそ》かにそう思っていた。

「――海座頭は、とても厄介で、奇妙な妖なのです。……ヒトをからかうことが好きで、かつては、夜中に海にやって来たヒトを脅かし、気絶させ、海に引きずり込んでいました」

「な、なにそれ……。怖すぎるんだけど……」

高椅神社の本殿の中に招かれ、朱から聞いた海座頭の話は、芽衣が子供の頃に読んだ「海坊主」の昔話とよく似ていた。

海を荒らし、船を沈める巨大な妖怪の話だ。

はるか昔には、台風などの天災を妖の仕業だと考える人間が多くいたと、芽衣は聞いたことがあった。

つまり、現代まで伝わっている伝説に登場する妖の正体が、天災であることも少なくないと。

昔は今のように正確に気象を予報する技術はないし、原因や発生条件だって知り得る術はない。だから、突然の嵐に襲われたとき、得体の知れないなにかの仕業だと考えるのは、ある意味当然の心理だろう。

それを知ったとき、芽衣は心から納得していた。

けれど、朱によれば「海坊主」の元となった海座頭という妖が、実在するということになる。

「今は、麻多智《またち》様が境界を引いたことで、海座頭がヒトに関わることはできません。だからこそ、神様たちに迷惑をかけているのではないかと……」

「なるほど」

天は、朱の話を聞き終えると、しばらく黙っていた。

しかし、納得がいかない様子で、首をかしげる。

「たとえ海座頭が出たとしても、あの磐鹿六雁が簡単にやられるとはとても思えないが……。そこらの妖じゃ、とても敵《かな》わないだろう」

天の意見に、芽衣も同意だった。

ただ、そのときふいに、黒塚の言葉が頭を過る。

『――妖というのは案外能力が高く、おまけにずる賢いのよ。こっちからすれば、真面目であればある程騙しやすいし、おおかた磐鹿六雁様も――』

芽衣はそれを聞いたとき、妖にとって、相手の見た目や強さは関係ないのかもしれないと思った。

だとすれば、朱の予想も否定できないと、芽衣はゴクリと喉を鳴らす。

「……真っ向勝負をすれば、確かに磐鹿六雁様に敵う妖は少ないかもしれませんけど……、もし、妙な術で騙されていたり、弱みを握られていたりしたら……？」

すると、天はふたたび考え込み、やがて、ゆっくりと頷いた。

「確かに、可能性はある。……ともかく、調べてみるか」

「そうですね。……海へ行ってみましょう」

芽衣たちは、顔を見合わせ頷く。

しかし、まだ大きな問題が残っていた。

海は繋がっているとと、芽衣はついさっきそう言ったばかりだが、いざ行くとなれば、場所をまったく絞り込めないのは正直辛い。

ひとまず一番近いのは茨城《いばらき》の海沿いだろうかと、地図を思い浮かべながら考え込んでいた、そのとき。

「芽衣様、……こちらの世には、普通はヒトはおりません。きっと、芽衣様だけでしょう。さっきも言いましたが、海座頭とは、ヒトを襲うことを心から楽しんでいた妖です。どうか、お気をつけください……」

朱の言葉を聞いた芽衣は、目を見開いた。

この世に存在するヒトが自分だけだと改めて認識した瞬間、これ以上ない名案が浮かんだからだ。

「そっか……、私って、海座頭に狙《ねら》われやすいんだ……」

「ええ、きっとすぐに芽衣様の気配を察するでしょう……。恐ろしいですよね……？　こんなお願いをしてしまって、本当に――」

「なら、こっちから探さなくていいってことだよね？」

突如、嬉々《きき》としてそう口にした芽衣に、朱はポカンと口を開けたまま固まっていた。

天は、額に手を当ててやれやれと溜め息をつく。

「……おい、芽衣。……お前、まさか」

「私が囮《おとり》になればいいんですよ！　わざわざ捜しに行かなくても、海座頭が勝手に寄って来るなら、時間も手間も省けるじゃないですか」

「やはり、そうきたか……」

もちろん、恐くないわけではなかった。

ただ、どんなに無謀であろうと、策があるということは希望だった。

燦が黒塚に襲われ、やおよろずから去ってしまったあの頃、万策尽きたとふさぎ込んでいた辛い思い出は、ある意味、芽衣を強くした。

前に進む手段があるという事実がどれだけ尊いか、芽衣は身をもって知っている。

「天さん、早速海へ行きましょう。きっとどこでも大丈夫です」

「おい、芽衣……」

おそらく、天は芽衣に抗議しようと思ったのだろう。しかし、朱に気遣ってか、言葉を止める。

「……とりあえず、出る」

そして、深い溜め息をつき、狐に姿を変えた。

しかし、芽衣が背中に乗ろうとした瞬間、ふいに朱から腕を掴《つか》まれる。

「芽衣様、ひとつだけ……！　もし海座頭からおかしなことを尋ねられたら……、必ず、形のないものをお答えください！　必ずです！」

「形のないもの……？」

「はい！　私も理由は知りません……。ですが、噂で聞いたことがあるのです！　形のあるものを答えてしまえば、恐ろしい目に遭うと……！」

「なにそれ……。なんだかよくわかんないけど、覚えておくね。ありがとう」

「ええ、お忘れなきよう……！」

朱に手を振ると、天は足を踏み出す。

そして、まるで空を駆けるかのように軽快に走り、あっという間に景色がわからない程に速度を上げた。

芽衣は天の背中で揺られながら、海座頭のことを想像する。

得られた情報は、すべて漠然としていた。ヒトを襲っていたという過去も含め、どこまでが事実なのか判断し難い。

得体が知れないことは、気味悪さを倍増させる。

しかし、芽衣に躊躇いはない。

やがて天は速度を落とし、同時にささやかな潮騒が耳に届く。顔を上げると、視界いっぱいに夜の海が広がっていた。

月に照らされ、キラキラと幻想的に輝いている。

「わぁ……、綺麗《きれい》……！」

芽衣が呟くと同時に、天は足を止めた。そして、芽衣が降りたのを確認すると、ヒトの姿に戻る。

「おい」

第一声は、不機嫌そうな低い声。

芽衣がチラリと視線を向けると、天はいかにも不満げな表情を浮かべていた。

こんなにわかりやすく感情を顔に出すのは珍しいと、芽衣は反射的に身構える。

「えっと……、なんか、怒ってます？」

「怒ってます？　じゃないだろ。さっきは朱の手前言えなかったが……、囮になることを嬉しそうに申し出る奴があるか」

「だって……、私にしかできないじゃないですか……」

天も、頭ではそれを理解しているのだろう。そうでなければ、芽衣を海まで連れて来てくれるとは思えないからだ。

しかし、天は芽衣の反論が癪《しゃく》に障ったのか、さらに苦々しい表情を浮かべる。

「……お前は、危険なことに少し慣れすぎだ」

「慣れたくて慣れたわけじゃ……。まあ、過去の黒塚さんのとき以上に恐ろしい思いをすることはないかもって、ちょっとは思ってますけど。ある意味、度胸はついてるかもしれません」

「甘く考えるな。……お前はまだこの世界のことを全然わかってない。いつなにが起こってもおかしくないと、ついこの間学習したばかりだろう。これまではたまたま打つ手があったからよかったようなものの……」

「そんなこと、わかってますよ……。私だって、別に適当に考えてなんていないですし……！」

互いの口調が、次第に強くなっていく。

まずいと思いながらも、もはや芽衣には制御がきかなかった。

「俺に言わせれば適当どころか、行き当たりばったりが過ぎる」

「でも、なんとか上手くいってきたじゃないですか！」

「完全に運頼りだろう。自分がいかに脆《もろ》くて弱いか、いい加減自覚してくれ」

「……っ」

確かに、天の言う通りだった。

認めてしまったが最後、芽衣は反論する言葉を失い、同時に目の奥がじわりと熱くなる。

芽衣は俯き、込み上げる涙を必死に堪《こら》えた。

「じゃあ……、なにもしない方がよかったですか……？　これまで、全部……」

自分がいかに子供っぽいことを言っているか、芽衣はよくわかっていた。

今はそんな話をしているわけじゃないと、次に言い返される言葉も容易に想像できる。

もちろん、天が心配して言ってくれていることもわかっているし、それを嬉しいと思う気持ちもあった。

それでも素直になれない理由は、おそらく「この世界のことを全然わかってない」という言葉に傷ついてしまったからだ。

この世界にいたいと願う程、障害ばかりが立ちはだかる今、その言葉は、余所者《よそもの》だと疎外されてしまったように思えてならなかった。

過敏すぎると思っていながらも、つい口調が荒くなってしまう。

「……芽衣」

芽衣の様子を見て我に返ったのか、天が慌てたように瞳を揺らした。

それが逆にくやしくて、芽衣は天との距離を少し開ける。

「おい」

「……なんですか」

「なんですかじゃないだろう……」

「……早く、計画を練りましょう……。急がなきゃ、朝になっちゃうから」

「……」

そのときの芽衣は、突っぱねる以外に、感情を抑える方法を知らなかった。

天はしばらく物言いたげな表情を浮かべていたけれど、目を合わせようとしない芽衣に、やれやれといった様子で頷く。

「わかった。……が、相手は得体の知れない妖だ。俺らがこんな状態で、敵う相手じゃない。一旦冷静になった方がいい。……互いに」

「……」

落ち着いたその口調に、芽衣の張り詰めていた気持ちがわずかに緩んだ。

渋々目を合わせると、天はほっと息をつく。——けれど。

「いいか。もし海座頭が現れたら、まずは磐鹿六雁の名前を出して様子を探れ。……関わっているなら、なにかしらの反応を見せるはずだ」

た。

「……わかり、ました」

すっかりいつも通りの天とは逆に、芽衣はなかなか気持ちの切り替えができなかった。

天がしてくれる説明が、いつものように頭に入って来ない。

計画を練ろうと急《せ》かしたのは自分なのにと、芽衣は戸惑いながら、天の言葉を必死に頭の中で繰り返す。

「少しでも危険があれば、鈴を鳴らして合図しろ」

「……は、はい」

「妖は気配に敏感だから、海座頭以外が寄って来る可能性もある。絶対に気を抜くなよ」

「わかっ……」

ついに相槌《あいづち》すらも詰まってしまった、そのとき。

「芽衣」

強い口調で名を呼ばれ、芽衣はビクッと肩を震わせた。

すると、天は深い溜め息をついた後、突如芽衣の腕を引き寄せ、頬に手を添える。

いきなり狭まった距離に驚き、反射的に顔を逸らそうとしても、頬に触れられた手がそれを許してはくれなかった。

「なっ……、ちょっと、近……」

なにを言っても天の力は緩まず、芽衣は抗議のつもりで天を見つめる。

しかし、返された視線があまりに真剣で、芽衣は言葉を失ったまま固まってしまった。――そして。

「言いたいことは、今言え。不満でも愚痴《ぐち》でも、悪口でもいいから」

まるで懇願するような呟きが、芽衣の心をまっすぐに貫く。

「天、さん……?」

「謝る。……悪かった。……弱いって言ったのは撤回する」

「え……?」

「弱いも、運頼りも撤回する。行き当たりばったりも……いや、これはさすがに撤回できない……が、言い過ぎた」

ついさっきは、普段の天からは想像できないくらい怒っていたというのに、今度は怒涛《どとう》の勢いで謝られ、芽衣はただただ困惑した。

目を泳がせていると、天は眉根を寄せる。

「……違うのか。どれだ」

「はい……？」

「……どれを撤回したらいい？」

「……」

それは、あまりに天らしくない言葉だった。

けれど、芽衣が落ち着きを取り戻すには、十分だった。

ついさっきまでは悲しさとくやしさでいっぱいだったはずの心が、嘘のように満たされていく。

「あの……、撤回しなくていいです……。弱いも脆いも運頼りも……、行き当たりばったりも、自覚してますから……」

「だったら……」

「全部事実だったから、くやしかっただけです……。すみません……」

謝ると、天は脱力し、コツンと額を合わせた。

距離の近さに緊張するものの、こんな天はあまりに珍しく、それどころではなかった。

すると、天は少し苦しげに目を閉じる。

「……最近は、あまり余裕がない」

「天、さん……？」

「お前がみるみる逞《たくま》しくなっていくことにほっとする反面、……たまに、それを恐ろしく感じるときがある」

「恐ろしい……？」

「前までは、多少の無茶なら目を瞑《つむ》っていられたが……、最近は酷《ひど》い。無鉄砲さが度を超えてる。黒塚に殺されかけたばかりだっていうのに、妖が出ると聞いても怯みもせず、意気揚々と……」

「そんな、ことは……」

「むしろ、喜んでるようにすら見える」

最後の言葉で、芽衣の緊張は一気に緩んだ。抗議しようとしたものの、思わず笑いが込み上げてくる。

「よ、喜ぶわけないじゃないですか……、さすがにそんな……」

語尾は、つい震えてしまった。

ふざけるなと言われそうで、必死に笑いを咬み殺す。――すると。

「……俺の文句と愚痴と苦情は、これで全部だ」

天は、ゆっくりと目を開きながら、そう呟いた。

芽衣は、その言葉を頭の中で繰り返しながら、――もしかすると天は、芽衣と向き合おうとしてくれているのかもしれないと思った。

これまでなにかに執着することなく生きてきた天は、おそらく、誰かの感情を窺《うかが》うことも、その必要もなかったのだろう。

なのに、今は芽衣との間にわずかに開いた亀裂を、いかにも手探りに、けれども必死に埋めようとしている。

その不器用さは、芽衣の心を打った。

言葉を失っていると、天は少し不安げに目を細める。

「お前は変なしこりを抱えたままなにかできる程、器用じゃないだろう……。……お前も早く言いたいことを言え」

「しこり、なんて……」

たった今、消えてしまったと。

心に準備した続きは、なかなか言葉にならない。――そして。

「万全じゃないと困る。……お前になにかあったら、俺は――」

とどめのように零されたその言葉を聞いた途端、思わず、芽衣の目から涙がひと粒零れ落ちた。

衝動的に抱きつくと、すっぽりと抱きとめられる。たちまち、まるで自分のために用意された場所であるかのような、これ以上ない居心地に包まれた。

そして、天の体温を全身で感じながら、芽衣は心から反省した。

「文句も愚痴も、ないです……」

「嘘をつくな」

「……」

瞬時に否定された瞬間、ふたたび笑いが込み上げ、芽衣は涙を流しながらも肩を震わせて笑う。

すると、天の腕の力がふっと緩んだ。そして、少し体を離すと、わかりやすい程疑いの滲む目で芽衣を見つめる。

「その目、やめてください……」

「お前が嘘ばかりつくからだろう」

「じゃあ、もっとよく見てください。嘘、ついてないですから」

事実、芽衣の心の中はスッキリしていた。

芽衣が笑うと、天もようやく小さく頷く。

もはや言葉は必要ないくらい、気持ちが通じ合っている確かな感触があった。

けれど芽衣には、あまりにまっすぐな気持ちをぶつけてくれた天に対して、どうしても言葉にしなければならない思いがあった。

「天さん、心配してくれて、ありがとうございます……。最近は少し、天さんが助けてくれることを当たり前に思っていたのかもしれません……。だから、つい強気になってしまっていたのかも。……天さんにとっては気が気じゃないですよね。本当にすみません……」

そう言うと、天は少し大袈裟に溜め息をつく。

「俺が助けるのが当たり前になってるってのは、別に間違ってない。これからも、同じだ。……ただ、お前がわかっていないのは、俺は所詮ただの狐だってことだ。……この世界においては、決して強い存在じゃない。それだけは忘れるなよ」

「……」

「返事は」

「……はい。一応わかりました」

「一応か……。まあ、いい」

芽衣は頷きながら、改めて、この世界における天という存在のことを考えていた。

この世界に迷い込んだ頃にはよくわかっていなかったけれど、狐がどういう存在なのか、今の芽衣には少しわかる。

多くの神々もいれば、得体の知れない妖たちもいるこの世界で、狐の化身の役割とは、主に神々の使いだ。

本来、力も能力も特別秀でた存在ではないのだろう。

けれど、この世界においてどういう存在であるかなんて、芽衣にとってはどうでもいいことだった。

たとえ弱い存在であったとしても、芽衣にとっては、これまで守り抜いてくれたという事実がすべてだからだ。

現に、天はこれまで何度も身を挺《てい》して助けてくれたし、どんな相手に対しても、その力が劣ったことはない。

一瞬、天にそれを伝えようとしたけれど、少し考えた結果、踏みとどまった。

ふいに、「狐のことを全然わかってない」という、天の困った顔が思い浮かんだからだ。

これ以上困らせるのも忍びなく、ひとまず芽衣は心の中で、「狐のことはわかっていないかもしれないが、天のことはわかっている」と、反論の言葉を用意する。

ただ、あえて言葉にしなくても、芽衣がどれだけ信頼しているか、どれだけ特別に思っているかは、十分に伝わっている気がした。

「……よし、始めるか。これ以上のんびりしていたら、計画を始める前に芽衣の気配に気付かれるかもしれない。……妖は警戒心が強いから、俺は気配を悟られない程度に離れた場所で待機する。何度も言うが、少しでも危険を感じたら、すぐに鈴を鳴らせ」

「わかりました」

「心配するな。三秒で行く」

「はい……！」

そうして、ついに芽衣たちは計画を実行に移した。

計画といっても、その内容はいたって単純だ。

芽衣が囮になって海座頭をおびき寄せ、現れたら磐鹿六雁命についての探りを入れること。

シンプルなぶん危険な計画ではあるものの、磐鹿六雁命の行方を知る方法としては、一番手っ取り早い。

芽衣は深く頷き、それから、波打ち際に向かって一人砂浜を歩いた。

手には、帯紐《ひも》の先に結ばれた鈴がしっかりと握られている。

どんな妖が現れるか、なにが起こるのかもわからないのに、芽衣の気持ちは奇妙なくらいに落ち着いていた。

思えば、なにかを成し遂げたいと思ったときには、いつだってそうだった。

天から指摘されたばかりだが、芽衣はいつだって、自分の弱さを忘れてなんていない。

ただ、なにかに突き動かされるときの覚悟や肝の据わり様は、自分の持つ唯一の強みだとも思っていた。

やがて、足元の砂の感触が湿気を帯びはじめると、芽衣は一度立ち止まる。

そして、寄せては返す波を見つめながら、ゆっくりと深呼吸した。

波も風も穏やかだけれど、なんとなく、周囲の空気がわずかに張り詰めている。もしかしたら、これを妖の気配と呼ぶのかもしれないと思った。

芽衣は、波と平行に、ふたたび砂浜を歩きはじめる。

周囲を照らしているのは、月灯りのみ。それは、心許《こころもと》なくもあり、幻想的でもあった。

そんな中、波の音と、サク、サク、と砂を踏む自分の足音が、規則的に響く。

続けて聞いていると、少しずつ現実から離れていくような、不思議な気持ちになった。――しかし。

異変は、突然起こった。

最初に芽衣を襲ったのは、激しい耳鳴り。

同時に、空気がピリッと震える。それは比喩《ひゆ》ではなく、まるで静電気が走ったかのような衝撃と共に、全身の肌が泡立った。

そして、そのとき。

芽衣はふいに、自分の足音に重なって響く、奇妙な音に気付く。

ズル、ズル、と濡《ぬ》れた着物を引きずるような、気味の悪い音だ。それは、意識的に芽衣の足音に合わせているように感じられた。

なにかが後ろにいる――、と。

確信した瞬間、額にじわりと汗が滲む。

けれど、芽衣は必死に動揺を隠しながら、あくまで気付かないフリをして歩き続けた。

まだ正体がわからない以上、変に騒ぎ立てるよりも、慎重に相手の出方を見るべきだと思ったからだ。

ズルズルと響く耳障りな音は、しばらく続いた。

芽衣の心臓は、みるみる鼓動を速めていく。──すると、そのとき。

「──私を無視するのかい？」

突如、低い声が響いた。

「……っ」

芽衣は思わず立ち止まる。

むしろ、まるで操作されているかのように、勝手に足が止まったと言った方が正しい。

続いて、不気味な笑い声が響いた。

恐る恐る振り返ると、そこに立っていたのは、二メートルはありそうな大きな老爺《ろうや》。坊主頭で、だらりと裾の長い着物をだらしなく纏い、背中には、大きな琵琶《びわ》を背負っている。

妖だ、と。芽衣はその姿を見た瞬間確信した。

なぜなら、芽衣をじっと見つめる目はなんの光も宿さず、まるで闇を流し込んだかのように、どろりと濁っていたからだ。

老爺は芽衣の心を見透かすかのように、笑みを深める。

「おや、不思議なこともあるものだ。ヒトと出会えるはずがないのに。……幻覚か、またはタチの悪い罠か」

「……あな、たは……」

「いや、やはり本物のヒトだ。実に、珍しい。何百年ぶりだろうか」

老爺はまるでひとり言のようにブツブツと喋《しゃべ》る。

心の底から湧き上がる恐怖で、全身が小刻みに震えた。

芽衣はそれを振り払うように、深く、ゆっくりと息を吐く。

「……あなたは、誰ですか」

ようやく質問を口にすると、老爺はさも楽しげに笑った。

なにが可笑しくて笑っているのか、芽衣にはわからない。気味の悪い笑い声が、不安をさらに煽る。

老爺はたっぷりと時間を置いた後、ズルリと音を立てながら、芽衣との距離を詰めた。

そして、――突如笑みを消し、鋭い眼光で芽衣を睨《にら》みつける。

「……それは、こちらの台詞《せりふ》だ」

「っ……」

急に声色が変わり、芽衣の心臓がドクンと大きな鼓動を打った。

老爺はぐいっと身を乗り出し、芽衣の顔をまじまじと見つめる。

「ヒトというのは、自分たちの常識で説明のつかぬ存在をなかなか認めず、やたらと怯《おび》える生き物だ。だから、私に遭遇したときは、誰もが怯えて悲鳴を上げるものなのに……、おかしいこともあるものだ。お前はまるで見慣れているかのように、平然と私に質問をしてくる」

「……それ、は」

あっさりと見抜かれてしまったことに焦りを覚え、芽衣の頭は真っ白になった。言い淀む芽衣に、老爺の鋭い視線が刺さる。

「お前はただのヒトじゃあない。……なにか、裏を感じる。はて、誰の差し金だろうか」

口調はねっとりとしているのに、そこには妙な迫力があった。

芽衣は恐怖に耐えながらも、もはや、この妖を相手にシラを切るのは到底無理だと覚悟を決める。

そして。

「……あなたは海座頭、ですか」

あえて、核心を突く質問を投げかけた。

それはある意味、老爺が疑う通り裏があることを認めるも同然だった。

決して、自暴自棄になったわけではない。

疑われている以上、なにかを明かして少しでも警戒を解かなければ、先に進めないと考えてのことだった。

老爺の祭しのよさはこの短い時間で十分に伝わっていたし、おそらく、探り合いをしたところで到底敵わないだろう。

すると、老爺は大声を出して笑った。

「おや。なぜそう思う？」

「海座頭という妖が……、海に現れると聞いたからです」

「それは面白い話だ。……そもそも、あらゆる妖がずいぶん長い年月ヒトの前に姿を現していないというのに」

「それは……」

「そんなことを知っているのは、ヒトでない者だけ。……つまり、お前にその話をしたのは、ヒトじゃない」

「……そう、です」

「ほう。ヒトでないなら、妖か、神か、またはその使いか」

「どうしても？」

「……どうしても、です」

はっきり答えると、老爺は満足そうに何度も頷く。――そして。

「いいだろう、答えてやろう。私はお前の予想通り、――海座頭だよ」

ようやく聞き出せたその名前に、芽衣はひとまずほっとした。――しかし。

突如、海座頭が芽衣の顎をぐいっと掴む。

「ならば次は、お前が質問に答える番ってことでいいね？」

「……っ」

あまりの迫力に、芽衣は一瞬呼吸を忘れた。

目の前に迫る海座頭の目は、やはり闇のように暗く、深く、ひとたび油断すればすべての気力を吸い取られてしまいそうだった。

「質問、って……、なん……ですか」

心が折れないよう、あえて大きな声を出したけれど、語尾は震えてしまった。海座頭は芽衣の反応に、満足そうに笑う。

「聞きたいことは、山程ある」

ひと言口にするたびにたっぷりと空ける間のせいで、芽衣の恐怖はどんどん増していった。おそらく、これも海座頭の作戦なのだろう。

芽衣は恐怖に飲まれてしまわないよう、そっと帯紐の先の鈴に触れた。

いっそ鳴らしてしまいたい衝動に駆られるけれど、今天が現れたら海座頭に逃げられてしまうかもしれないと思い留まる。

長い沈黙が流れた。

その間、芽衣は、海座頭が投げかけようとしている質問を、頭の中で予想していた。

どこから来たのか、どうしてヒトがこの世にいるのかという単純なものから、神様たちとの関わりや、海座頭を知っていた理由に、捜していた目的。

どの質問をされたとしても、怪しまれない答えを返す必要があった。磐鹿六雁命の情報を聞き出すまで、会話を続けなければならないからだ。

芽衣は無理やり頭を動かし、質問と答えをシミュレーションしていく。――しかし。

「では、質問だ。――お前が最も恐ろしいものはなんだい？」

投げかけられたのは、予想だにしない問いだった。

「え……？」

「さあ……、しっかり考えろ。……二番目ではならぬ。私が知りたいのは、一番恐ろしいものだ」

「……」

一瞬、からかわれているのだろうかと芽衣は思った。その質問になんの意味があるのか、まったく想像もつかないからだ。

けれど、恐ろしいものと言われた瞬間、頭の中では過去のさまざまな記憶が再生されていく。

因幡を追い回した八十神《やそがみ》に、竜神の荒御魂《あらみたま》、草の縁《ゆかり》を襲った黒蛇、黄泉比良坂《よもつひらさか》で追いかけてきた黄泉醜女《しこめ》。

思い返せば、どの記憶も、よく無事でいられたものだと思ってしまう程に恐ろしいものばかりだった。

圧倒的に強烈だったのは、過去に遡《さかのぼ》って遭遇した黒塚。

もし燦を救うという目的がなかったならば、心が折れてしまいそうな瞬間はいくらでもあった。

過去が変わり、もうあのときの黒塚は存在しないというのに、芽衣はいまだに恐怖にうなされるときがある。

「黒……」

芽衣は、なかば無意識的にその名を口にしかけた。

すると、海座頭の楽しげな目が、さらに細められる。――しかし、そのとき。

突如、手のひらに握っていた鈴の中で、玉がコロリと転がるかすかな感触が伝わってきた。

音は鳴らないけれど、その小さな振動は手から腕へと伝い、たちまち全身に広がっていく。

そして――、その振動に呼び覚まされるように、芽衣はふと、朱からの忠告を思い出した。

それは、もし海座頭からおかしな質問をされたときは、必ず形のないものを答えるようにというもの。

それを聞いたときはどういうことかさっぱりわからなかったけれど、今まさにその状況だった。

芽衣は、言いかけた言葉を慌てて飲み込む。

そして、海座頭から目を逸らした。――すると、混沌《こんとん》としていた思考が、少しずつ落ち着きはじめる。

どろりと濁った海座頭の目には、催眠術のような効果があるのかもしれないと芽衣は思った。

「おい。……続きはどうした？」

芽衣を急かす海座頭の声は、わずかな苛立《いらだ》ちを含んでいる。

芽衣はそれを聞き、この質問はただの戯《たわむ》れではないと、きっと恐ろしいなにかがあるのだと確信した。

そして、同時に浮かんできたのは、ひとつの予想。

芽衣は強く鈴を握りしめながら、ゴクリと喉を鳴らす。

「……答えたら、次は私の質問に答えてくれますか」

「構わぬ。……ほら、早く……、早く答えよ」

海座頭はすぐに頷いた。やけに高揚した様子ではあるものの、これまでのように、たっぷりと間を置く余裕は感じられない。

芽衣は逆にしっかりと間を置き、――覚悟を決めて、口を開く。

「私が一番恐ろしいのは――、存在が、消えてしまうことです」

そう言い放った瞬間、海座頭は大きく目を見開いた。

「なん、だと……？」

「消えてしまうことが、なにより恐ろしいんです。ヒトの世からも神の世からも消え、完全に消滅してしまうことが」

「……貴様……」

海座頭の表情が歪《ゆが》んだ瞬間、芽衣は、自分の予想が当たっていたことを察した。

芽衣の予想とは、海座頭が、ヒトが答えた「もっとも恐ろしいもの」に化ける術を持つのではないかというもの。

ヒントとなったのは、形のないものでなければならないという、朱の忠告。

そして、無意味に思える質問の答えを執拗《しつよう》に求めてきたときの、海座頭のあまりに楽しげな様子。

事実、海座頭はいかにも悔しそうに表情を歪めていた。

芽衣は慌てて海座頭から離れ、その様子を見守る。すると、――突如、芽衣の目の前で、予想もしなかったことが起こった。

突如、海座頭の体がつま先から順に透明になり、霧のように消えはじめたのだ。

「どう、して……」

芽衣には、その理由がわからなかった。

芽衣は、海座頭の期待通りの答えを返さなかっただけだ。けれど、海座頭の姿は無残に空気に散っていく。

やがて海座頭は苦しげにガクンと膝をつき、恨みがましい目で芽衣を睨んだ。

「……なにを戸惑う。……まさか、知らずに言ったわけではあるまい……」

「知らずに……って……、なにを……」

「無自覚とは末恐ろしい。……これでは、死んでも死にきれぬ」

「どう、いう……」

徐々に透明になり消滅していく光景は、以前、芽衣が悩まされた症状とよく似ていた。

ただ、海座頭は、あのときの芽衣とは比較にならない勢いで姿を消していく。

その恐ろしい光景に身動きも取れないまま、芽衣は、なぜこうなったのか、海座頭との一連の出来事を思い浮かべた。

唯一理解できるのは、海座頭が消えゆく理由に、さっき交わした問いと答えが関係しているということ。

芽衣が出した答えは、〝消えてしまうこと〟だ。それも、〝神の世からも人の世からも完全に消滅してしまうこと〟。

――完全に、消滅……？

改めて考えてみれば、目の前で起こっているのは、まさにそれを思わせる光景だった。

「まさか……、あなたの持つ術は……、ヒトが答えた通りの形を成すことだけじゃ、なくて……」

形のないものも自ら成してしまう、――呪《のろ》いのようなものなのかもしれないと、芽衣は察した。

ついに腰から下がすっかり消えてしまった海座頭は、苦しそうにもがきながら叫び声を上げる。

芽衣は、ただただ動揺していた。

当然、こうなることを知って答えを出したわけではない。

実際、芽衣が出した答えに嘘はなかった。その答えこそ、芽衣を心底悩ませた、最大の恐怖だったからだ。

しかし、今まさに、自分の出した答えひとつで妖の存在が消えかけている。

ヒトを襲い続けた妖に同情するつもりはないが、妖を消し去ろうとする有無をいわせない力には、恐怖を感じずにいられなかった。

この力がもし自分に向いていたらと、――形あるものを答えてしまっていたらと、想像しただけで背中がゾクリと冷える。

そして、――海座頭は、芽衣のそんな心の隙を見逃さなかった。

体はほぼ消えかけているというのに、突如手を伸ばし、芽衣の手首をがっちりと掴む。

「こうなれば……、お前も、一緒に……」

道連れにする気だ、と。

芽衣は慌てて腕を振ったけれど、海座頭の力はあまりに強く、とても振り払えそうな気配はない。

「やめ……っ」

「……消えてしまえ……。お前が恐れていた通りに、神の世からも人の世からも、跡形もなく」

「っ……」

その言葉は、芽衣をたちまち恐怖に陥れた。

脅しであってほしいという一縷《いちる》の望みも、目の前の光景に、あっさりと打ち砕かれる。

なぜなら、掴まれた腕は、海座頭もろとも消えはじめていた。

逃げなければと、そう思いながらも身動きが取れない。

まるで、体中の細胞が消えてしまう恐怖を記憶しているかのように、全身が萎縮していた。——しかし、そのとき。

ふいに帯紐が風に煽られ、先に結ばれた鈴がシャラ、と大きな音を鳴らす。

その瞬間、芽衣は天の存在を思い出した。

そして、——ほぼ同時に背後に感じた、よく知る気配。

「触るな」

あまりに早い登場に驚く間もなく、天は海座頭の腕を蹴り上げ、芽衣の体を引きはがした。

すると、消えかけていた芽衣の腕が、はっきりと輪郭を取り戻していく。

海座頭はもはや喋る力も残っていないのか、ついに動きを止めた。

「天さん……！」

一気に恐怖と不安から解放された芽衣は、思わず天に抱きつく。

すると、天はそれを受け入れながら、呆れた笑い声を零した。

「おい、……これ、お前がやったのか……」

「え……？」

これ、というのは、すっかり消えかけた海座頭のことだろう。

振り返ると、海座頭はもはや、首から上しか残っていなかった。

「私がやった……、みたい、です……」

「妖を葬るとは、たいしたものだな。神々や高僧でもなかなかこうはいかない。お前、本当にヒトか？」

「天さん……」

芽衣にとってはあまり笑えない冗談だが、天は可笑しそうに笑っていた。

あからさまにからかわれていることは不満だが、そのお陰か、芽衣は平常心を取り戻す。

ただ、やはり拭えない疑問もあった。

「そもそもは海座頭が使った術なのに……、こんな風に自らを貶《おとし》めることもあるんですね……」

芽衣からすれば、自分の持つ能力で自らを危険に晒《さら》すなんて、少し不憫なようにも思える。

天は溜め息をつき、ゆっくりと頷いた。

「妖が使う術の根源は、呪いだ。そして、呪いには反作用がある。危険な術であればある程、失敗したときの代償は大きい」

「なるほど……」

つまり、大きな力を操るためには、それなりの危険も覚悟する必要があるということだ。

それは、妙に説得力のある説明だった。

芽衣たちは茫然《ぼうぜん》と、消えゆく海座頭を見つめる。

しかし、ついにすべてが霧となり、空気に散ってしまった、そのとき。芽衣は突如、重要なことを思い出した。

「そうだ……！　どうしよう……、私、海座頭から磐鹿六雁命様のこと、なにも聞けてないです……！」

それは、海座頭を捜すに至った一番の目的だ。

質問する余裕がまったくなかったのは事実だが、それが聞けていないとなると、今日の苦労は無駄だったと言わざるを得ない。

芽衣は慌てるものの、海座頭が消えてしまった今は、もはや手遅れだった。

「私……なにやってるんだろう……」

芽衣はがっくりと項垂《うなだ》れる。

けれど、天は意外にも冷静だった。

「気にするな。こんな奴を相手に無事だったなら、むしろ幸運だ。行方を知る方法なら、また考えればいい」

「天さん……」

芽衣はその優しさに感謝しながら、天が言う通り、別の方法を探そうと改めて意気込んだ。――けれど。

ポトリ、と。

突如、足元で小さな音が響く。

二人同時に音がした方へ視線を向けると、ついさっき海座頭が立っていた場所に、大粒の貝がひとつ転がっていた。

「あれ……？　これ、どこから……」

「蛤だな」

「蛤……？」

蛤と聞いて思い出すのは、それが、毎年磐鹿六雁命が天照大御神に献上している、大切な食材であるという話。

磐鹿六雁命は、今年も献上するために蛤を獲りに行き、それっきり戻っていないという。

そんな蛤が突如現れるなんていかにも意味ありげで、まさか妖の罠ではないかと、芽衣は周囲を見渡した。

しかし、周囲に怪しい気配はない。

「蛤って、いきなり砂から出て来るものでしょうか……」

「そんな話は聞いたことがない」

「です、よね……」

二人は蛤をまじまじと見つめる。——すると、そのとき。

突如、海座頭が消えていったあたりの空間が、ぐにゃりと歪んだ。

天が瞬時に警戒し、芽衣を背中に庇《かば》う。

「天さん……！」

「少し下がるぞ」

まさか海座頭が戻ってきたのでは、と。

芽衣の心にたちまち恐怖が蘇った。

けれど——、歪んだ空間の中から現れたのは海座頭ではなく、大粒の、蛤。

「えっ……、なん……」

芽衣が驚きの声を零すと同時に、現れた蛤はポトリと砂浜に落ちる。

理解ができずにポカンとしていると、蛤はひとつ、またひとつと空中から現れ、徐々にその勢いを増し、みるみる砂浜の上に巨大な山を作った。

それでも蛤は勢いよく増え続け、やがて雪崩《なだれ》を起こし、ザラザラと音を立てながら波にさらわれ、次々と砂の中へ潜り込んで行く。

「天、さん……」

「見事に全部蛤だな」

「どういうことでしょうか……」

芽衣は、見たこともない数の蛤を見ながら唖然《あぜん》としていた。

すると、天はしばらく考え込み、蛤をひとつ手に取る。

「……まだ生きてる。……海座頭が消えたあたりから現れたってことは、もしかすると、奴が隠し持っていたのかもしれないな。海座頭の術に巻き込まれることなく、戻って来たのかもしれない」

「隠し持つって……、こんなにたくさんの蛤をなんのために……。こんなことしたら、蛤が全部いなくな――」

言いながら、芽衣の頭には、ひとつの予感が浮かんでいた。

その様子を見てか、天がこくりと頷く。

「おそらく、磐鹿六雁命に対する、嫌がらせだろう」

芽衣は、点と点が繋がる確かな感触を覚えた。やはり、磐鹿六雁命がいなくなった理由に、海座頭が関わっていたのだと。

「だから、磐鹿六雁命様は戻って来られなかったってことですか……？　蛤が、見つからなくて……？」

「天照大御神に献上する品は、最も重要だ。とくに磐鹿六雁命にとっては、蛤を献上することに特別な意味がある。……海座頭は、そんな磐鹿六雁命を困らせ、見物していたんだろう」

「どうしてそんなこと……！」

「理由なんかない。妖とは、そういうものだ」

「最低……」

芽衣は苛立ちを覚え、拳をぎゅっと握った。

すると、天が芽衣の肩にそっと触れる。

「ともかく、これで磐鹿六雁命も戻って来れるだろう」

「そう、ですよね……」

確かに、天の言う通りだった。

一度は失敗したかと思われた計画だったけれど、結果的に海座頭は消滅し、こうして蛤も戻ってきたのだから、これ以上のことはない。

心に浮かぶのは、磐鹿六雁命の優しい眼差し。

ようやく会えるかもしれないと思うと、懐かしさで心が浮き立った。

「なら、高椅神社でお帰りを待ちましょう！」

「そうだな。……行くか」

しかし――、天が狐に姿を変えようとした、まさにそのとき。

「天殿。……芽衣」

背後から、芽衣たちの名を呼ぶ、懐かしい声が聞こえた。

二人が同時に視線を向けると、そこに立っていたのは、磐鹿六雁命。

芽衣は驚き、目を見開く。

「磐鹿六雁様……！」

慌てて駆け寄ると、磐鹿六雁命は穏やかな表情を浮かべ、芽衣の手を取った。

「元気そうでなによりだ」

懐かしくて、心がぎゅっと締め付けられた。

「はい……！　あの、今年はなかなかやおよろずにいらっしゃらないから、心配で高椅神社へ来まして、そしたら、えっと……」

「芽衣。……わかっている」

必死に説明しようとする芽衣の言葉を、磐鹿六雁命は優しく遮る。

そして、ゆっくりと頷いてみせた。

「すべて、知っていた。海座頭の存在も、芽衣たちが私を捜しに来ていることも。……海座頭との勝負は、見事だったね」

「そ、そんな……。ってか……、もしかして、海座頭が蛤を獲りつくしていたこともご存じだったんですか……？」

「ああ。……だが、それでも私は探さねばならぬ」

「で、でも、海座頭はこんなにたくさんの蛤を……」

芽衣は、いまだ砂浜に山積みになっている蛤を指差す。すると、磐鹿六雁命は笑みを浮かべ、懐に手を入れてなにかを取り出した。

「これを見てくれるか」

「え……？」

目の前に広げられた大きな手の平の上には、十粒程の蛤。芽衣は驚き、それらをまじまじと見つめる。

「これ……、蛤です、よね……？」

「そうだ。ずいぶん苦労したが、なんとかこれだけ見つけることができた」

「磐鹿六雁命様……」

芽衣は言葉を失う。

磐鹿六雁命は海座頭の嫌がらせを知っていてもなお蛤を探し続け、結果、海座頭に負けることなく、自らの力で見つけ出したらしい。

その真面目さも、真摯《しんし》さも、やはり出会ったときに持った印象の通りだと、芽衣は嬉しくなった。

磐鹿六雁命は蛤を大切そうに懐に仕舞い、それから天の方を向く。

「では、私は戻り、天照大御神様の元へ向かう準備をせねばならぬ。……天殿、忙しいことは察するが、帰る前に高椅神社に寄ってくれないだろうか。苦労をかけた詫びをさせてもらいたい」

「詫びは別にいらないが……」

天は首を横に振りつつも、芽衣に視線を向けた。

芽衣はその視線の意味を察し、何度も頷く。

「寄らせてください……！　朱ちゃんに挨拶《あいさつ》して帰りたいですし……！」

するとと、磐鹿六雁命は穏やかに笑った。

「もちろんだ。……そういえば、二人は朱に会ったのか。あれは、つい最近拾った迷子の狐なのだ」

「そうだったんですね！　なんだか初々しいなって思ってました」

「ああ。まだ未熟だが、あれは真面目でひたむきだ。……この世に迷い込みながらも必死に馴染もうとする芽衣の姿を見たせいか、私はどうも、迷子を放っておくことができなくなってしまった」

「磐鹿六雁命様……」

「実は、拾った狐は他にもまだいる。しかし、……上手く手懐けられず、今は山で面倒を見ているのだ。……天殿よ、どうしたものか」

「……狐は仕える相手には忠実だが、そうなるまでには手間がかかる」

「なるほど。……ならば、根気よく待とう」

それは、磐鹿六雁命の優しさが詰まった言葉だった。

少し困った様子の磐鹿六雁命がなんだか可愛く思え、芽衣は思わず笑う。

磐鹿六雁命はそんな芽衣に微笑み、突如、ふわりと宙に浮いた。

「では、先に帰って待っている」

そして、言い終えると同時に銀色の竜へと姿を変え、キラキラと光を撒き散らしながら西の空へ向かって消えて行った。

「綺麗……！」

「俺らも追うぞ」

「は、はい……！」

そう言うと、天も狐に姿を変える。

しかし、芽衣がその背中に掴まろうとした、――そのとき。

『――いずれにしろ、お前は避けられぬ。……一番恐れるものに、必ず襲われるだろう』

突如、辺りに海座頭の恨みがましい声が響いた。

芽衣は慌てて周囲を見渡すけれど、海座頭の姿はどこにもない。

ただ、幻聴でないことだけは、確かだった。現に、天にも聞こえたらしく、すぐにヒトの姿に戻り、周囲を警戒する。

しかし、やはり海座頭を見つけることはできなかった。

「……死に際にまでわざわざ悪態つくとは、根性の悪い妖だな」

「……」

「芽衣？」

芽衣は、海座頭の言葉を頭の中で繰り返しながら、茫然としていた。

天が言うようにただの悪態ならどんなにいいかと思うものの、芽衣にとっては、内容が内容だけに、聞き流すことができない。

天は、返事をしない芽衣を変に思ったのか、そっと腕を引く。

「おい」

「……っ」

「一番恐れるものって、なんの話だ?」

「それは……」

気配を隠していた天は、芽衣が海座頭と交わした会話の内容を知らない。

芽衣は口にするのすら躊躇《ためら》われ、下唇を噛む。

すると、天は芽衣の様子からなにかを察したのか、少し困ったように笑った。

「まあ、いずれにしろ妖のたわ言であることに違いはない。気にする必要もないからすぐに忘れろ」

「……はい」

芽衣はその気遣いをありがたく思いながら、ひとまず頷く。

ただ――、高椅神社へ向かっている最中も、海座頭の言葉が頭に貼り付いたまま、どうしても離れなかった。

まるで、呪いをかけられてしまったかのように。

もう海座頭を問い詰めることも叶わない今、いくら悩んだところで不毛であることも、よくわかっていた。

やがて高椅神社に着くと、すぐに朱と磐鹿六雁命に迎えられ、芽衣はなんとか笑顔を繕う。

「芽衣様、天様、お待ちしておりました！　磐鹿六雁様もお戻りになって、なんとお礼を言っていいやら……！」

「ううん、違うの。……磐鹿六雁様がお戻りになったのは、私たちのおかげじゃなくて……」

あまりに嬉しそうな朱を見ているといたたまれず、芽衣は否定した。

けれど、磐鹿六雁命が言葉を挟む。

「いや。芽衣の気配がなければ、私はいまだ蛤を探し続けていただろう。見つけられたといえども、この数では心許なく感じていたからな。……しかし、こんなに時が流れていたとは、気付かなかった」

「ほら！　やはり芽衣様たちのお陰でしょう！　ありがとうございます！」

相変わらず耳も尻尾も仕舞い忘れている朱の嬉しそうな様子を見ていると、不安も少し和らいだ。

結局、芽衣は朱の感謝を受け入れ、その頭をそっと撫でる。

「ありがとう……」

「……芽衣様？　どうしてお礼を……」

「なんとなく。朱ちゃんを見ていると、元気になれるから」

「そう……、ですか？」

朱はキョトンとしながらも、芽衣に撫でられて心地よさそうにしていた。

すると、磐鹿六雁命が芽衣たちを本殿へと促す。

「さぞかし疲れただろう。ひとまず休んでいくといい、食事を用意しよう」

「ありがとうございます……！」

それから、芽衣たちは磐鹿六雁命から直々に料理を振舞われた。

相手は料理の祖神であり、あまりに恐れ多いと思いつつも、いざ料理を並べられると、その繊細さと美しさに芽衣の心はあっという間に奪われてしまった。

自分にこれ程の腕があればどんなにいいかと、思わずにはいられない。

すると、そのとき。

磐鹿六雁命がふと、芽衣に問いかける。

「ところで芽衣。あの包丁は使っているか？」

包丁と聞いた瞬間、芽衣は磐鹿六雁命に尋ねようと思っていた、重要なことを思い出した。

指先に刻まれた、血の流れない奇妙な傷のことだ。

相変わらずぱっくりと開いた傷は、海座頭の残した言葉も影響してか、見れば見る程に不安がつのる。

芽衣は箸《はし》を置くと、まっすぐに磐鹿六雁命を見つめた。

「いただいた包丁は、毎日研いでいます。料理も練習していて……、まだ、全然ですけど……」

「感心だ。気長にやればよい」

「はい。……あの、実はそのことでお伺いしたいことがあって……」

そう口にすると、磐鹿六雁命は芽衣の緊張を察したのか、黙って耳を傾ける。

芽衣は、ゴクリと喉を鳴らし、言葉を続けた。

「包丁を研いでいるときに、不注意で指先を切ってしまったんです。……でも、なぜだか、血が流れなくて……。こんなこと初めてだったので、気がかりで。それで、もしかしてこの包丁になにか秘密があるのかもしれないと思って、磐鹿六雁様に伺ってみようと思ったんです……」

「……秘密、か」

「はい。たとえば、傷をつけないようになっている、とか……」

頷いてさえくれれば、すべてが解決する、と。芽衣は懇願するように磐鹿六雁命を見つめた。

しかし、磐鹿六雁命の瞳がわずかに揺れた瞬間、──芽衣は、察してしまった。

磐鹿六雁命は、芽衣の問いに答えることを、躊躇っていると。それはつまり、希望が打ち砕かれたことを意味する。

現に、磐鹿六雁命は少し言い辛そうに、ゆっくりと口を開いた。

「芽衣よ。……すべての技術とは、失敗を繰り返しながら研ぎ澄まされていくもの。料理も、同じだ。……傷をつけぬ包丁など存在しない」

「……そうです……、よね」

芽衣は、そのあまりに説得力のある答えに、深く俯いた。

無理やり心に抑え込み続けていた不安は、もはや制御がきかない。

自分になにが起ころうとしているのか、最悪な予想ばかりが次々と頭を過る。──

すると。

「芽衣。……その傷を見てもよいか」

柔らかい口調で尋ねられ、芽衣は頷き、左手を差し出した。

磐鹿六雁命は芽衣の手を取ると、指先の傷をじっと見つめる。

大きな手から伝わるごつごつとした感触が、不思議と心をわずかに落ち着かせた。

磐鹿六雁命は注意深く傷口を観察すると、小さく息をつく。

「確かに、包丁の切り傷であることは間違いないが……不思議な傷だ。これだけ深ければ、本来ならば椀《わん》ひとつ持つのも辛いはずだが」

「……そうです、よね。だけど、痛みもないんです」

「ふむ……」

磐鹿六雁命は眉根を寄せる。

そして、芽衣の手を解放し、目を閉じて考え込んだ。

その様子を不安げに見つめていると、横から伸ばされた天の手が、芽衣の手をぎゅっと包む。

芽衣は少し震える手で、その手を握り返した。

強く握られた手は、ドクドクと強い脈を打っている。

まるで、自分がヒトであることや、生きていることを、必死に主張しているかのように。

やがて、長い沈黙の後、――磐鹿六雁命は、静かに目を開く。

そして、芽衣に穏やかな笑みを浮かべた。

「……芽衣よ。ひとつ、頼まれてくれぬか」

「え……？」

予想もしなかった言葉に、芽衣は一瞬戸惑ったものの、すぐに頷く。

すると、磐鹿六雁命は獲ったばかりの十粒の蛤を懐から取り出し、芽衣の前に差し出した。

「これを、託したい」

「あの、これって……、天照大御神様に献上される蛤では……」

芽衣が尋ねると、磐鹿六雁命は笑みを深める。

「ああ。その通りだ。これを、私の代理として、天照大御神まで届けてもらえぬだろうか」

「天照大御神様に、私がですか……？」

その意味を理解するのには、時間が必要だった。

天照大御神といえば、伊勢神宮の内宮に祭られる、日本の最高神だ。

これまで数々の神様たちからその名を聞いてきたものの、姿を見たことは一度もない。

少しずつ理解が及ぶにつれ、そのあまりの大役に、頭がみるみる混乱した。

「まっ……、待ってください……！　私なんかがそんな……！　それに、とてもじゃないですけど、磐鹿六雁様の代理なんて恐れ多すぎます……！」

慌てて首を横に振るけれど、磐鹿六雁命に引く様子はない。それどころか、蛤を持つ手をさらにぐいっと差し出す。

芽衣はひとまず観念して両手を広げ、蛤を受け取った。

「そんなに身構える必要はない。芽衣のことは、天照大御神の御耳にも入っているはずだ」

「えっ……、わ、私のことを、ご存知なんですか……？」

「当然だ。天照大御神は、すべてを見ている。長い年月、ヒトの世を見守ってこられたのだから」

芽衣は手の中の蛤を見つめながら、もはや覚悟を決めるしかないと、自分に言い聞かせていた。

ただ、芽衣には、どうしてもわからないことがひとつだけある。

「……というか、磐鹿六雁様は、どうしてお会いになられないんですか……?」

それは、素朴な疑問だった。

毎年必ずお伊勢参りをしている磐鹿六雁命が、せっかく苦労して蛤を獲ったというのに、なぜ芽衣に代理をさせるのかまったくわからない。

すると、磐鹿六雁命は首を横に振った。

「いや、近々必ず行くと、そう伝えてほしい」

「え……? あの……」

ますます混乱し、芽衣はこてんと首をかしげる。

すると、磐鹿六雁命は目を細め、意味深に笑った。

「しばらくここを空けてしまったから、私には、いろいろとするべきことがあるのだ。……だから、ひとまず蛤を届けてほしい。そして、――ついでに、尋ねてみてはどうだろうか」

「え……?」

それは、芽衣の頭にふと、小さな予感が浮かんだ瞬間だった。

磐鹿六雁命はそれを察したのか、さらに笑みを深める。

「天照大御神ならば、その傷の理由がわかるだろう。……そして、芽衣の不安を拭い去るための知恵も、授けてくれるかもしれぬ」

「磐鹿六雁様……」

芽衣の予感は、当たっていた。

磐鹿六雁命は、芽衣に代理を任せることで、天照大御神と会うことができる機会を与えてくれたのだ。

天照大御神に会うことがそう簡単でないことは、想像に容易い。日々、多くの神様たちが訪ねて来るのだから当然だ。

つまり、こうして代理を任せてもらう以外に、ヒトである芽衣が会うことは到底叶わないだろう。

すべてを理解した芽衣は、たまらない気持ちになった。

磐鹿六雁命に与えられたものは、あまりに多い。

出会っていきなり失礼を働いた芽衣を怒りもせず、ヒトである芽衣の存在を受け入れ、親身になり、今はこうして導いてくれている。

「どうして……、私なんかに、そこまで優しくしてくださるんですか……？」

とても返しきれない、と。

芽衣はいっそ心苦しく、磐鹿六雁命を見つめる。

すると、磐鹿六雁命はまるで子供をあやすかのように、芽衣の頭をゆっくりと撫でた。

「優しくされていると感じるのなら、それは、芽衣が周囲に優しくしている証拠だ。誰かにかけた思いというのは、いずれ、同じだけ戻って来る。ただ、それだけのことだ」

「私はそんなに優しくなんて……」

「芽衣に自覚はなくとも、貰《もら》った方は忘れぬ。……現に、芽衣と会ったことを嬉しそうに語る神と、私は何度か出会った。……ついこの間も、海で山幸彦《やまさちびこ》と海幸彦《うみさちびこ》の兄弟に会ったが、芽衣に会いたいと話していたよ」

「山幸彦様に……？」

芽衣がその名前を忘れるはずがなかった。

山幸彦とは、兄である海幸彦の大切な釣り針を失くしたことで仲違いをしてしまい、それを嘆きながら、たくさんの釣り針を作っていた神様だ。

大切な刀を犠牲にしてまで釣り針を作り続けていた山幸彦に、たくさんの釣り針を差し出すよりも、まっすぐに謝った方が気持ちが伝わるのではないかと伝えたことは、記憶に新しい。

「お二人が一緒にいらっしゃったってことは、仲直りできたんですね……！　よかった……」

ほっと胸を撫で下ろした芽衣に、磐鹿六雁命は満足そうに笑った。

「おそらく、そういうところだ。……芽衣には、不思議と我々をも惹き寄せるなにかがある。それは少々無骨なものだが……、だからこそ、逆に心を打つのかもしれぬ。そうだろう？　……天殿」

突如話を振られた天は、瞳をわずかに揺らす。――けれど。

「……ああ」

あっさりと頷き、芽衣は面食らってしまった。

その様子を、磐鹿六雁命は少し楽しげに眺める。

「ともかく……、芽衣、そして天殿。……道が拓けることを祈っている。もし困ったときには、いつでも来るといい」

「ありがとうございます……！」

磐鹿六雁命の言葉は、不安だった芽衣の大きな力になった。

それから、食事を終えた芽衣たちは、磐鹿六雁命と朱に見送られながら高椅神社を後にした。

天の背に乗り、やおよろずに着いたのは昼前。

髙椅神社へ行き、海座頭と遭遇し、磐鹿六雁命と会い――、いろいろなことがあったけれど、たったの半日しか経っていないことに、芽衣は驚いた。

ただ、やおよろずを長く留守にせずに済んだのは、幸いといえる。

芽衣はやおよろずの見慣れた風景にほっと息をつき、鳥居を潜った。

そのとき、ふいに後ろを歩いていた天から腕を掴まれる。

「芽衣」

「天さん……？」

天の表情は、やけに真剣だった。

芽衣は不思議に思いながら、首をかしげる。――すると。

「お前、……自分が妖になることを心配してるのか」

「……っ」

見抜かれていた、と。

芽衣の心臓がドクンと鼓動した。

もはや誤魔化すことは難しく、芽衣は観念して小さく頷く。

「そうだったらどうしようって……、思ってました。すみません、なんとなく言い辛くて……」

すると、天はわずかな沈黙の後、芽衣の左手を取り、傷口にそっと触れた。

「これだけ派手に切ってもなにもないとなれば、それを疑う気持ちもわからなくはない。……正直、俺もこんな奇妙な現象を目にしたのは初めてだ」

「ですよね……、私、やっぱり……」

素直に不安を零せたのは、今は、天照大御神に相談できるという希望があるからかもしれない。

保証はないけれど、今はその希望に縋って、気持ちを強く持つしかなかった。

芽衣はあまり心配をかけないようにと、笑みを浮かべる。

すると、天はやれやれと溜め息をついた。

「一応、言っておくが」

ふいに、天の鋭い視線が刺さる。

なにを言う気なのかまったく予想ができず、心にわずかな緊張が走った。――すると。

「俺は別に構わない。……ヒトだろうが、妖だろうが」

「え……？」

「どうなろうと、お前の居場所は変わらずここにある。……だから、あまり考えすぎるな」

「天さん……」

天はそう言うと、くるりと向きを変え、やおよろずの玄関へと向かった。

芽衣はなかなか身動きが取れないまま、呆然とその後ろ姿を見つめる。

「妖でも構わない……なんて……」

零れる、ひとり言。

妖になるということがどういうことなのか、芽衣にはよくわからない。

その概念は、ひとつにまとめられる程単純ではなく、現在の黒塚のように周囲に馴染んでいる者もいれば、ヒトを襲う恐ろしい者もいる。

ただし、妖と称される以上は、少なからず邪悪な存在であることを、否定しようがない。

構わないはずがない、と。

頭では、天の言葉を完全に否定していた。

けれど、それに反して心は勝手に満たされていく。こんなにも愛情深い言葉があるだろうか、と。

これはきっと、永遠に忘れられない大切な言葉になるだろう。

芽衣は、目の奥に生まれた熱を感じながら、天がくれた思いをゆっくりと噛みしめていた。

海座頭《かいざとう》

海に棲み、船を沈めたり、ヒトを襲う妖。
一番恐ろしいものを訊ね、答えたものに
変わる術を使う。

第二章 波乱の戌神捕り物劇

「どうしよう……、緊張で、心臓が爆発しそうです……」

磐鹿六雁命から蛤を代理で献上するよう頼まれた芽衣が、天とともに伊勢神宮の内宮を訪れたのは、翌日のこと。

正宮《しょうぐう》が近付くたびに、芽衣は感じたことのない緊張でパニック寸前だった。

それは無理もなく、内宮に祭られている日本最高神・天照大御神の姿を、天も、外宮で仕えていた燦ですら、一度も見たことがないのだという。

燦が過去に豊受大御神から聞いた話によれば、理由はごくシンプルで、天照大御神自身があまりに多忙であるということ。

確かに、全国各地の神様たちが途切れることなく訪ねて来るのだから、忙しくないはずがない。

その理由を聞いたとき、芽衣は内心ほんの少しだけほっとしていた。

なぜなら、天照大御神はあまりに高貴な存在であるが故、限られた者としか会わない決まりがあるのではないかと想像していたからだ。

それを話すと、燦は珍しく、少し可笑しそうに笑っていた。

そして、教えてくれたのは、「天照大御神様は太陽の神様だから、みんなを平等に照らしてくれる」という話。

それは、聞いただけで天照大御神の暖かさが想像できてしまうような、安心感のある言葉だった。——とはいえ。

いざ会うとなると、やはり落ち着いてはいられない。

「……芽衣、顔が青ざめてるぞ」

天は横を歩きながら、やれやれと苦笑いを浮かべる。

ただ、芽衣からすれば、平然としている天の方がよほど異常に感じられた。

「っていうか……、天さんはどうしてそんなに落ち着いていられるんですか……？天さんだって、お会いしたことないって言ってたのに……」

不満を零すと、天はあっさりと頷く。

「会ったことはないが、俺の場合は長年破天荒な神に仕えていたからな。天照大御神は慈悲深いと聞く。緊張する理由がない」

「……茶枳尼天様のことですよね？」

「ああ。突如、まるで禅問答のようなわけのわからん問いが飛んできては、答えられないなら丸焼きにすると脅される。それが茶枳尼天の日々の遊びだった。幼かった俺は、肝を冷やしたものだ」

「……だ、だいぶハードな幼少期ですね……」

そもそも自分と天を比較するのが間違っていたと、芽衣は項垂れた。

ただ、どんなに緊張しようとも、天照大御神が今の芽衣にとっての唯一の希望であることは確かだった。

芽衣の体になにが起ころうとしているのか、天照大御神ならば知っているかもしれないと磐鹿六雁命は話した。

わざわざ芽衣に会う機会まで作ってくれた思いを、芽衣だって、無駄にする気などない。

そうこうしているうちに、正宮に続く階段の前に差しかかり、芽衣は蛤の入った重箱を大切に抱え、ゴクリと喉を鳴らす。

鳥居の前に立った瞬間、突如空気が張り詰めたような心地がした。

「……ヒトの世にいたときに、この鳥居の先には特別な許可がなければ立ち入ることができないと聞いたことがありますが……、私は入っても大丈夫なんでしょうか……」

「心配するな、磐鹿六雁命から話が通ってるはずだ。……おそらく、待っていれば迎えが来る」

芽衣は頷くと、ゆっくりと深呼吸をした。

森の香りがする空気が体の中を通り抜けると、まるですべてが浄化されていくような心地を覚える。

ただ、やはり気持ちはなかなか落ち着いてはくれない。

頭を巡っているのは、もちろん天照大御神のこと。

芽衣はこれまでに、天照大御神の兄弟であるという、素戔男尊《すさのおのみこと》や月読尊《つくよみのみこと》と出会ってきた。

ただ、豪快な素戔男尊に対し月読尊は穏やかで、二人はまったくの真逆だった。

天照大御神とはいったいどんな神様なのだろうと想像する上では、あまり参考にならない。

もはや考えても仕方ないと、芽衣は覚悟を決めて目を開く。――すると。

突如、正宮の奥から二人の巫女が現れ、芽衣たちの前に立った。

「お迎えにあがりました」

その姿は、外宮で会った巫女たちとも、高椅神社で会った朱のような可愛らしい雰囲気とも違い、巫女の装束を着ていなければ神様と見紛うばかりに美しかった。

つい呆然としてしまった芽衣の背中を、天がそっと押す。

「行くぞ」

「は、はい……！」

そして、案内されるままに、鳥居を潜った。

すると、芽衣の少し前を歩いていた巫女がふと振り返り、芽衣を見つめる。

「芽衣様」

「えっ……！」

突然名を呼ばれ、芽衣はビクッと肩を震わせた。

もしかして、作法を間違っているとか、格好が不適切だとか、なんらかの失礼があったのかもしれないと、たちまち不安が込み上げる。

しかし、巫女は芽衣を見つめた後、手のひらで背後の垣を差し示した。

「――ご正宮は、四重の垣で囲われています。今芽衣様が通過したのは、板垣《いたがき》。ご正殿までにはあと三つあり、外から外玉垣《とのたまがき》、内玉垣《うちたまがき》、そして瑞垣《みずがき》となります」

「あ……っ、そ、そうなん、ですね……？」

「はい。……初めてだとお話しされていたので、差し出がましくもご説明させていただきました」

そう言われ、芽衣は突然の説明された理由を察する。

注意どころか、初めて訪れた芽衣を歓迎し、親切に案内してくれようとしていたのだと。

芽衣は誤解してしまったことを申し訳なく思いながら、慌ててぺこりと頭を下げた。

「ありがとうございます……！　すみません、驚いてしまって……」

すると、巫女はゆっくりと首を振り、切れ長の目をかすかに細める。

「どうか緊張を解かれてください。天照大御神様は、とてもお優しい方です」

「安心しました……」

「ええ、ご安心ください。慈愛に満ち、芯がお強く、穏やかで――」

巫女の説明を聞きながら、天照大御神は月読尊のような雰囲気なのだろうと芽衣は想像した。

しかし。

「――ときには大胆な決断をされ、想像もしなかった豪気さに驚かされることもありますが、お優しい方です」

「……」

つまり、兄弟両方の特徴を持ち合わせるハイブリッドかと。

芽衣は苦笑いを浮かべながら、少々強引ではあるものの、「お優しい方です」で締めくくられたことに望みをかけた。

巫女の言葉に翻弄され、コロコロと表情を変える芽衣を、天が堪えられないとばかりに笑う。

「笑わないでください……」

「……済まない」

素直に謝られると、逆に居たたまれない。

芽衣は天を軽く睨みながら、気を取りなおして巫女の後に続く。

やがて、外玉垣、内玉垣、さらに最後の垣である瑞垣を通り抜けると、突如、周囲の音がスッと消えた。――そして。

「では、天照大御神様の御前へお送りいたします。ご献上いただく蛤は、ここでお預かりしましょう」

芽衣が頷き蛤を渡すと、たちまち芽衣の視界が真っ白になる。

この感覚には、覚えがあった。

外宮へ豊受大御神に会いにいったときも、同じだったと。

おそらく、この光が消えたときには、芽衣たちは正殿の中に移動しているはずだ。

そう思うと急に不安が込み上げ、芽衣はなにも見えない中、天を求めて手を彷徨《さまよ》わせる。

すると、すぐに芽衣の手はしっかりと掴まれた。

その途端、嘘のように気持ちが落ち着いていく。

そして、十秒程でようやく視界が開けたとき、芽衣たちは、広い板間の端にぽつんと立っていた。

雰囲気はどこか外宮と似ているが、その広さは倍程あり、ずっと奥に畳の小上がりが見える。

そこは四方を簾《すだれ》で囲われ、ただならぬ雰囲気を醸し出していた。

おそらく、中に天照大御神がいるのだろうと、芽衣たちは顔を見合わせ、足を踏み出す。

そして、小上がりの少し手前まで進むと、ふいに、それ以上近付いてはいけないような不思議な感覚を覚え、足が止まった。

簾までの距離は、五メートル程。

簾のかすかな隙間から、ゆらりと動く影が見える。——そして。

「——あなたは、不思議ですね」

突如、透き通るような美しい声が響いた。

突然のことに驚き、芽衣には、言葉の意味を理解する余裕はなかった。

ただただ動揺していると、天が繋がれた手にぎゅっと力を込める。

「落ち着け」

「は、はい……」

天に言われて深呼吸すると、次に聞こえたのは、上品な笑い声。

「申し遅れました。私は、天照と申します」

「ぞ、存じ上げております……。はじめまして……、わ、私は、谷原《たにはら》芽衣と、い、いいます……」

声が震え、うまく喋れなかった。

すると、天照大御神は唐突に、予想もしなかったことを口にする。

「ええ、よく知っています。たくさんの神々から、頻繁にあなたの話を聞くものですから」

ドクドクと体が揺れる程に打つ激しい鼓動のせいで、芽衣は呼吸すらうまくできなかった。

「えっ……、わ、私の……？」


するると、天照大御神はさらに言葉を続ける。

「それらはどれも、ときに奇妙で、面白い話でした。そしてどの神も、あなたの話をするときには、いつも楽しげに笑っています」

それを聞いた芽衣の頭には、これまでに出会ってきた神様たちの顔が、次々と浮かんでいた。

芽衣にとっても、それらは奇妙で、楽しく、忘れられない思い出ばかりだ。

ただ、神様たちがそれを天照大御神に報告してくれていたことには、驚きしかなかった。

神様たちにとっては一瞬の出来事でしかないだろうに、心に留めてくれていたことがたまらなく嬉しい。

「……私にとっても、素敵な出会いばかりでした」

声の震えは、不思議と止まっていた。

たくさんの優しい記憶に包まれるかのような安心感で、気持ちがみるみる落ち着いていく。

「あまりにあなたの名前を聞くものだから、私は、あなたのことをよく見ていました。……すると、聞いていた通りに、あなたはとても心が暖かく、強く、勇敢であり、いつも正しくあろうとしていました」

「私は、そんなに立派な人間では……」

「そして、ときに感情的になり驚く程の無茶をし、泣き、怒り、笑い、……目が離せない程に忙《いそが》しく、見ていると少々疲れます」

「……」

ふいに、天が吹き出す。芽衣はそんな天を睨みつつも、いつの間にか緊張がすっかりほぐれていることに気付いた。

芽衣はふと、天照大御神はそれを目的に、芽衣に神様たちの話をしてくれたのかもしれないと思った。

芽衣が落ち着いたのを見計らってか、天照大御神は、ついに本題を切り出す。

「今日は、磐鹿六雁命の代理とのことでしたが……、芽衣、あなたには、訊きたいことがあるのでしょう」

芽衣は、深く頷いた。

知りたいことは、たったひとつ。覚悟を決め、簾《すだれ》の中の天照大御神へ、まっすぐに視線を向けた。

「私は……、どうなってしまうのでしょうか」

言葉にした瞬間、芽衣の心の中は、大きな不安とわずかな希望で埋め尽くされていく。

「私がこの世界にいられない存在であることは、わかっているんです。麻多智様からも、聞きましたから。……だけど、どうしてもここにいたくて……でも、このままでは、いつかヒトではなくなってしまうような気がして……」

そこまで言い終えると、芽衣は口を噤んだ。

訪れた、沈黙。

一秒ごとに希望が削り取られていくような、不安な時間だった。芽衣は気が気ではなく、手のひらをぎゅっと握る。

もし、——打つ手はひとつもないと言い渡されたならと、そう考えただけで激しい眩暈《めまい》に襲われた。

やがて、——天照大御神が、口を開く。

「——芽衣。……ひとつ、頼まれてはくれませんか」

それは、絶望も希望も連想させない、予想もしなかった言葉だった。

「え……？」

ポカンとする芽衣に、天照大御神はさらに言葉を続ける。

「ヒトが長くこの世界に滞在したことはなく、私にはなにかを断言することはできません。……そもそも、植物が地面を離れては育たぬように、ここはヒトが生きるに適した場所ではないのです」

「それは……、よく、わかってます……」

「しかし。……あなたはこうして、ここにいる。……ですから、その望みが必ずしも叶わないとは思っていません。そこで……、ひとつ、試したいことがあります」

「試したいこと、ですか……？」

「ええ。ただし、それが芽衣の希望となるかどうかは、保証しかねます。そして、やり遂げられる可能性も、限りなく無に等しいかもしれません。……ただ、まったくの無ではありません」

そこまで言うくらいだから、天照大御神の言う「試したいこと」というのは、相当に難しいことなのだろう。

ただ、芽衣にとっては、どんなに小さいものであろうが、可能性があるだけで十分だった。

「やります」

あっさりと答えると、天照大御神はふたたび沈黙する。

そして、かすかに笑い声を零した。

「内容も聞かずに返事をするのですね。そういうところも、皆から聞いていた通りです。ひたむきで、迷いがないと」

「……私は単純なので、多くの選択肢を持ちません。やるかやらないかの、どっちかです。だから、やります」

「むしろ、あなたの選択肢はいつもひとつでしたね」

確かに、と。芽衣は思う。

この世に迷い込んで以来、数々の困難に見舞われたけれど、いつも迷う余地などなく、感情が赴くままに突き進んできた。

まさに、天照大御神が言った「ときに感情的になり、驚く程の無茶をする」という言葉の通りに。

芽衣にとっては、今回も同じだ。

可能性がある方向へ進む以外、選択肢はない。

ただし、芽衣がそうやって強くいられるためには、絶対的な条件があった。

「……天さんも、付き合ってくれますか……？」

それは、天が一緒であること。

恐る恐る視線を向けると、天はやれやれといった様子で溜め息をついた。

「その質問、意味ないだろ。どうせ俺は、お前がやるなら付き合わざるを得ない」

「天さん……」

言い方こそ皮肉めいていたけれど、それはまさに天の本音が滲む、優しさの溢れる返事だった。

現に、天の声も雰囲気もとても柔らかく、すでに心を決めていたようにすら感じられる。

すると、天照大御神は、「試したいこと」の内容を語った。

「試したいこととは、あなたへのお願いでもあります。……もうずいぶん前のことですが、とても困ったことが起こりました。多くの神々が手を尽くしていても、いまだ解決できず、困り果てています。……芽衣、それをどうにかしてほしいのです」

「……なんだか、聞いただけでいかにも大変そうですね」

「ええ。……ですが、簡単に言えば、戌《いぬ》捜しです」

「い、イヌ……?」

それは、思いもしない内容だった。ポカンとする芽衣に、天照大御神は言葉を続ける。

「場所は、陸奥《むつ》。応神天皇《おうじん》が祭られている、大崎八幡宮《おおさきはちまんぐう》です。そこで、卦体神《けたいがみ》である戌が、逃げ出してしまったのです。応神天皇はいたく悲しみ、すっかり塞《ふさ》ぎ込んでしまいました。そのせいか、もうずいぶん長い年月、豊後《ぶんご》にある八幡宮の総本社を訪れていません」

「な、なるほど……」

端々でよく理解できない言葉はあったものの、つまりは、逃げた戌神を捕まえてもらいたいということらしい。

どんな恐ろしいお願いだろうかと身構えていた芽衣からすれば、少し拍子抜けに感じられた。

「ちなみに、どこか遠くへ行っちゃったってことは……」

「いいえ、姿はときどき目撃されているようです」

「それなのに、捕まえられないんですか……?」

「ええ。なので、芽衣に託してみたいのです。見つけられると信じています。――ヒトである、芽衣にしかない知恵をもってすれば、きっと」

聞けば聞く程、余計に謎が深まる。

ただ、もはやこれ以上聞くよりも、いっそ行ってみた方が早い気がして、芽衣はひとまず頷いた。

「とりあえず、行ってみます！」

「お願いします。――どうか、ご無事で」

「え……？　えっと、はい……」

天照大御神の最後のひと言は少し気になったものの、それでも、芽衣の気持ちに変わりはなかった。

話を終えると、芽衣たちはふたたび光に包まれ、本殿を後にする。

そして、またしばらく留守にすることになりそうだと、準備のために一旦やおよろずに戻った。

「卦体神って、豊受大御神様から聞いたことがある」

やおよろずに戻ると、天が早速手伝いの狐を手配するため山へ行き、その間、芽衣は燦に天照大御神から聞いたことを話した。

燦は、外宮にいただけあって神様のことに造詣《ぞうけい》が深く、卦体神についても知っているらしい。

「戌の神様なんでしょ……?」

「正確には、戌は卦体神の一柱《ひとはしら》。全部で十二柱いるの」

「それってもしかして……十二支のこと?」

「そう」

その瞬間、芽衣の頭のモヤモヤは、スッキリと晴れた。

戌の神様と聞いてもまったくピンとこなかったけれど、十二支と言われれば馴染みが深い。

「陸奥には特別な風習があって、神社の方位によって、それぞれの卦体神が割り振られているみたい。大崎八幡宮は、戌」

「そういうこと……」

つまり、大崎八幡宮以外にも、十二支を祭る神社が十一社あるということだろう。

芽衣はようやく納得した。

すると、ちょうどそのタイミングで天が戻り、厨房に顔を出した。天の後ろには二人の女性が立っていて、芽衣と燦にぺこりと頭を下げる。

「あっ……、よろしくお願いします……」

芽衣が慌てて挨拶すると、二人は目を細めて笑った。

「燦、すまないが、またしばらく任せる」

「うん。頑張って」

「……芽衣、行くぞ」

「はい……！」

天は珍しく慌ただしい口調でそう言い、芽衣の腕を引いて厨房を出た。

天なりに、芽衣の不安を早く解消しようとしてくれているのだろう。そんな様子が心強く、芽衣は必ず戌神捜しを達成しようと心に誓う。

天照大御神は、やり遂げられる可能性は限りなく無に近いと言ったけれど、芽衣には不思議と不安はなかった。

むしろ、それよりも心に残っているのは、「ヒトである芽衣にしかない知恵」という言葉。

決して、神様たちに成し得ないことが自分にはできるという驕《おご》りではない。

ただ、ヒトであるからこそ持つ知恵はきっとあるはずだと、これまでの数々の経験で培った、小さな自信があった。

陸奥とは、現在でいう東北数県を含む旧国名。

今回訪ねることになった大崎八幡宮は、宮城《みやぎ》県の仙台《せんだい》に存在する。

到着したのは、日が暮れる直前。

人の気配がなくなるまで少し待ち、ようやく鳥居を抜けた途端、芽衣は目の前に広がっていた光景に面喰らった。

なぜなら、そこは、ヒトでない者たちで溢れかえっていたからだ。

それも、ほとんどが、鎧《よろい》を身に付けた屈強な男たちばかり。

何名かずつがひと塊になって集合し、中には難しい顔で相談している者たちもいれば小競り合いをしていたり、騒いでいる者たちもいる。

「な、なんですか、これ……。お祭り……？」

「わからない。……が、ほとんどが、神だ。どこぞの神の使いらしき狐の化身も混ざってはいるが、名の知れた武神の姿もちらほらある。にしても、どれも戦《いくさ》さながらの武装だ」

「ほとんど神様なんですか？　ってか、戦……⁉」

「心配するな、もう何百年も戦はない。あるとするなら、もっと早く俺の耳にも情報が届くはずだ」

「そう、ですか……」

そうは言っても、目の前の様子を見てしまえば、芽衣はいまひとつ安心しきれなかった。

とにかく、雰囲気があまりにも物々しい。

誰かに理由を訊《たず》ねたいけれど、気軽に話しかけられそうな相手はどこにも見つけられなかった。

芽衣たちはひとまず本殿へと向かう。

そして、誰か話を聞ける相手はいないかと、視線を彷徨わせていた、そのとき。

「おや……、ヒトが紛れ込むとは、なんと珍しいことでしょう……」

突如、背後から声をかけられ、振り返ると、そこには巫女が立っていた。

「あ……、ここの巫女さんですね？　どういう状況なんですか、これ……！」

ようやく話を聞けそうな相手に出会えたと、芽衣は衝動的に巫女の両肩を掴み、疑問を投げかける。――しかし。

「はい……？」

巫女は、芽衣の質問の意味がよくわからないといった様子で、こてんと首をかしげた。

　まさかの反応に動揺し、芽衣は言葉に詰まる。

　すると、横にいた天が、芽衣の代わりに質問を続けた。

「これは、いつも通りの光景なのか？」

「これ、とは……？」

「武神や狐やらがひしめきあっている、今の状況のことだ」

「ああ……」

　巫女は、ようやく意味を理解したらしい。

　しかし、巫女は平然と頷き、信じられないことを口にする。

「ええ。毎日この通りです。――戌神様が逃げてしまってからは」

　芽衣は目を見開いた。

　それは間違いなく、芽衣たちの目的にも関わる重要な情報だ。――けれど。それを聞いた瞬間、言い知れぬ不穏な予感が芽衣の頭を過る。

「それってあの……、ここに集まってる神様たち全員が戌神様を探してるってことですか……？」

「はい。もう、ずっと前から」

「ずっとって……?」

「それを、忘れてしまうくらいに」

「……」

ずいぶん慣れたとはいえ、やはり、今回もやたらと気の長い話だった。

ただ、芽衣の覚えた不穏な予感とは、そこではない。

これだけの屈強な面々が寄ってたかって捜しても、ずっと昔から今にいたるまで戌神を捕まえられていないという事実に、だ。

芽衣はさすがに言葉が出ず、さっきまで持っていた自信も、少しずつ揺らぎはじめた。

すると、巫女がにっこりと笑みを浮かべる。

「察するに、あなた方も戌神様捜しに協力してくださるのですね。ありがとうございます。早く応神天皇様に表に出ていただかなければ、遠くからはるばるいらっしゃったお客様たちががっかりされますから」

「そういえば、応神天皇様が、ずいぶん悲しんでらっしゃるって聞きました。……ずっと顔を出されていないんですか?」

「ええ」

「どれくらい……？」

「忘れてしまうくらい前から」

「……」

ここに仕える巫女は、段違いにのん気らしい。芽衣は呆れながらも、少しでもヒントを得ようと質問を重ねる。

「で、本題なんですけど……、戌神様の目撃情報とか、あります？」

「ええ。……つい昨晩にも」

「昨晩!?　それ、どこですか？」

「……さて。……どこだったか」

「……忘れっぽいんですね……」

巫女からは、あまり有益な情報を得られそうになかった。芽衣は脱力し、ひとまず巫女に頭を下げて本殿を後にする。

すると、天が芽衣の手を引き、鳥居の外まで誘導した。

「天さん……？」

「とりあえず、作戦を練りに行く。ここじゃ騒がしくて集中もできない」

「ですけど、どこに……」

「……」

天は眉根を寄せ、芽衣の質問には答えてくれなかった。

芽衣はその様子を不思議に思いながらも、狐に変わった天の背に乗る。

すると、天はすぐに大崎八幡宮を離れ、あっという間にスピードを上げ、――視界が開けたのは、数分後のこと。

辺りを見渡せば、四方は深い森に囲まれていて、芽衣の謎はさらに深まった。

ヒトが立ち入った形跡はどこにもなく、もちろん道もない。どうやら、かなり山奥まで来ているらしい。

「天さん……、こんな山奥、危なくないですか……？」

狐姿の天から返事がないことは知っていたけれど、馴染みのない山の夜の風景は少し恐ろしく、芽衣はたまらずそう問いかけた。

天はほんのわずかに視線を向けただけで、それ以上の反応はない。

ただ、迷いなく進む様子から、目的地があることだけは確かだった。

芽衣は黙って、鬱蒼《うっそう》とした森の風景を眺める。

もし一人ならば死を覚悟するような場所だが、天が一緒だという安心感はやはり大きかった。

その証拠に、少し慣れれば、やおよろずとは違う森の香りを堪能する余裕まで生まれてくる。

そして、走り続けること数分。

突如、道のずっと先に、ぼんやりとした灯《あかり》が見えた。同時に、天はスピードを緩める。

近付いてみれば、それは石造りの灯篭だった。

突然現れた人工的なものに驚き、芽衣は天が止まると同時に背中から降りる。

「こんなところに灯篭……」

「行くぞ」

「え……？」

天は、わけのわかっていない芽衣の手を引く。

さっきからなんとなく機嫌が悪い気がして、芽衣は首をかしげた。

黙って歩いていると、やがて、道の先に二つ目の灯篭が現れる。先を見渡せば、どうやら灯篭は等間隔にしばらく続いているらしい。

「どこかに続いてるんですね……？」

「……ああ」

この先になにかがあるのだと察した瞬間、芽衣の気持ちは高揚した。天が教えてくれないのは妙だが、どこに着くのかわからないというのも思いのほか楽しい。芽衣の足取りは軽く、次々と現れる灯篭をわくわくしながら通過していく。――すると、突如、正面に大きな鳥居が現れた。

「こんなところに……」

芽衣は驚きつつ、鳥居の前に立った。――瞬間、強い既視感を覚える。

鳥居から続く石畳の道、さらに奥には瓦屋根の屋敷。

それらは、ほとんどやおよろずの風景と同じだった。

「あ、あれ……？　やおよろず……？」

「似てるが違う。ここは〝可惜夜《あたらよ》〟という」

「あたらよ……？　ここもお宿ですか？」

「ああ。明けるのが惜しい夜、という意味だ」

「素敵ですね」

「……気障《きざ》ったらしい」

芽衣は天の態度につい笑う。鈍い芽衣でも、さすがにもう勘づいていた。

なぜなら、陸奥にある宿の話を、つい最近聞いたばかりだった。

「ここって、仁さんのお宿でしょう?」

芽衣が尋ねると、天はわかりやすく不満げな表情を浮かべた。

仁のことになると、いつも冷静な天が妙に子供っぽくなる。まるで、兄に対して素直になれない弟のように。

天は笑う芽衣を軽く睨みながら、鳥居を抜けた。

「仁!」

ぶっきらぼうに名を呼ぶと、やがて、玄関から着物姿の仁が顔を出す。

そして天を見るや否や、嬉しそうに目を細めた。

「やあ、天。それに芽衣も。気配は感じていたが、寄ってくれたのか。よく来たね、上がりなさい」

「……陸奥での用事が長丁場になりそうだから、場所を借りに来ただけだ」

「もちろん構わないよ。さあ、早く」

「……ニヤニヤするな。気味が悪い」

天は好き勝手に悪態をついているけれど、仁をいかに大切に思っているか、芽衣はよく知っている。

過去を変える前、黒塚に襲われた仁のことを語った天の様子は、聞いている芽衣の方が息苦しくなってしまう程に辛そうだった。

だから、芽衣にとってはこの再会も、二人の微笑ましいやり取りを聞けることも、嬉しかった。

「芽衣、長旅で疲れたろう」

「いえ、天さんの背中に乗っていれば、あっという間ですから」

「そうか。確かに天は、足だけは速いからね。それ以外は圧倒的に俺の方が勝っているけど」

「おい……」

仁も仁で、いちいち反応する天を面白がっているらしい。

芽衣は堪えられず、つい笑い声をあげた。

「さて。部屋はここだよ。急だったから空き部屋が少なくてね。芽衣が気に入ってくれるといいけど。……というか、気にいらなければ、芽衣は俺の部屋にいてくれても構わないよ」

「いい加減にしろ」

相変わらず天をからかいながらも、仁が案内してくれたのは、二階のずいぶん綺麗な部屋だった。

二人で一部屋を使うらしいことには一瞬焦ったものの、そもそも計画を練るために借りているだけなのだからと、芽衣は慌てて考えなおす。

それに、よく見てみれば中は広く、居間の他にも和室が二間あり、むしろ二人では広すぎる程だった。

やおよろずにない間取りが新鮮で、芽衣は落ち着きなく部屋を見渡す。

すると、仁は満足そうに笑い、居間に腰を下ろした。

「ところで、陸奥での用事というのはなんだい？　困りごとかな？」

「……まあ、……そんなところだ」

「聞かせてくれよ。協力できることがあるかもしれないだろ？」

「……」

天は少し間を置いたものの、結局、仁の正面に座る。素直に甘えられない心境が、表情にありありと滲み出ていた。

仁はそんな態度にはすっかり慣れているのか、とくに反応することもなく、天の言葉を待つ。

天は、芽衣に横に座るよう視線で促し、それからようやく口を開いた。

「……いろいろ事情があって、大崎八幡宮の戌神捜しに来た」

「戌神捜しって、卦体神のかい？　……それはまた、ずいぶん今さらな話だな。ま、事情については聞かないでおくけど。……それで？」

仁の口調から、戌神が逃げてしまった事件は、陸奥ではかなり知られた話なのだと芽衣は察する。

確かに巫女の口調からしても、逃げてからかなりの時が流れていることは、想像に難くない。

「大崎八幡宮にはさっき行ったが、やたらと屈強な武神がよってたかって捜していた。……それでも捕まえられないってのは、どういうことなんだ？」

「どういうことかは、俺にはわからないなぁ。ただ、やたらと屈強な武神が集まってる理由なら知ってる。……ま、この辺りじゃ誰もが知る話だけど」

「え？　……強そうな神様たちばかりが集まることに、理由があるんですか？」

芽衣は、大崎八幡宮での異様な光景を目にして、神様とはいえ一匹の戌を捜すために、いくらなんでも物々しくないだろうかと疑問に思ったばかりだ。

芽衣が目を丸くすると、仁は深く頷く。

「大崎八幡宮に祭られる応神天皇は、文武に長《た》けた神として有名なんだよ。だから、武神だけでなく、武を極めようとする者たちが崇拝し、全国各地から集まって来るんだ。……で、そんな応神天皇がお困りとあれば、特に熱くなるのは必然的に、崇拝している彼らだろう？」

「……なるほど」

仁の説明に、芽衣は納得した。

つまり、戌神に対して武装しているわけではなく、武装している神様たちがたまたま集まる場所だったということだ。

「それにしても、そこまで捕まえられないものか？　……姿もたびたび目撃されてるって話だろう」

「そうなんだが、もうずっとあの調子だ。まぁ、いくら武神っていっても、俊敏さで戌に勝つのは難しいってことじゃないか？」

「俊敏さ、ですか……」

それを聞いて、芽衣はふと考え込む。

力で武神たちに対抗するのはまず無理としても、だからといって、ただのヒトである芽衣に、俊敏さで敵うのだろうかと。

武神たちにできないことをやろうというのだから、彼らに勝るなにかがなければ、到底無理な話だ。

「なんだか……、不安になってきました……」

考える程に可能性が薄くなっていく気がして、芽衣は徐々に焦りはじめる。

すると、天がそんな芽衣の肩にそっと触れた。

「あまり考えすぎるな。とにかく、まずは戌神の姿を確認しておきたい。仁、目撃情報を知らないか？」

「そうだな……、行動範囲はそんなに広くなくて、近隣の山をウロウロしているらしいね。白髪《しらが》山に、船形《ふながた》山、黒鼻《くろはな》山……、ただ、山にはときに熊が出るから、芽衣は気を付けないと危険だよ」

「く、熊ですか……！」

「天から離れないようにね」

「はい……」

熊まで出ると聞けば、不安は増す一方だった。

ただ、それでも諦めるという選択肢はなく、芽衣は覚悟を決める。

「天さん、捜しに行きましょう……」

「ああ。……行くか」

二人は顔を見合わせ、立ち上がった。

芽衣は仁にぺこりと頭を下げる。

「仁さん、いろいろ教えていただいて、ありがとうございます！」

「とんでもない。この部屋はいつまで使ってくれてもいいから、あまり根を詰めないように。……天、芽衣をちゃんと守るんだよ」

「……うるさい。お前に言われなくてもわかってる」

天は少し不満げな様子で、先に部屋を後にした。

芽衣は慌てて後を追い、速足で進む天の横に並ぶ。

「あの、天さん……、熊が出るって話ですし、また私が足手まといになっちゃうと思うので、面倒かけますが……」

「邪神やら黒塚やらに突進していくような女が、熊ごときにいちいち怯えるな」

「……言われてみれば、そうですね」

嫌味を含んでいるのはわかっていたけれど、天の言葉があまりに的を射ていて、芽衣はつい笑ってしまった。

大崎八幡宮に着いてからというもの、いろいろと驚くことが連続したせいで、少しナーバスになってしまっていたらしい。

芽衣は一度ゆっくりと深呼吸をして、気持ちを落ち着ける。

「では、とりあえず聞いた山を片っ端から回ってみましょうか」

「そうだな」

「熊にも立ち向かう勢いで頑張りますね！」

「……熊だろうが蛇だろうが邪神だろうが、……白狐もエロ狐もお前には近付けないから、別に心配はいらない」

「……えっと」

「行くぞ」

やけに具体的だった後半の面々について尋ねる間もなく、天は玄関を出るとすぐに狐に姿を変える。

芽衣はその背中に掴まりながら、どうしても、余裕のない天を可愛いと思わずにいられなかった。

もちろん、口には出せないけれど。

芽衣たちが最初にやってきたのは、黒鼻山。

下から見上げたときは、他に見える山々と比較してさほど標高が高そうに見えなかったけれど、山頂へ来てみれば、周囲は月灯りに照らされた、壮大な景色が広がっていた。

「あの向こうにおそらく白髪山、船形山がある。全部ひとつの連峰になっているから、ある意味移動は楽だな」

「へぇ……、詳しいんですね」

「仁に案内されたことがある」

「なるほど。……なんだかんだで仲良しですよね、二人」

「……さっさと戌神を捜すぞ」

「はい！」

元気よく返事をしたものの、周囲に気配は感じられない。芽衣たちはなんの当てもないまま、ひとまず深い森へと足を踏み入れる。——すると。

突如、先の方でガサガサと物音が聞こえ、芽衣は咄嗟《とっさ》に身構えた。

天がすぐに芽衣を背中に庇い、黙って様子を窺う。

「……動物でしょうか」

「いや。……そんな気配じゃない」

「妖……？」

「違うな。らく——」

言いかけたとき、突如空から大きな影が現れ、地面を大きく揺らしながら、芽衣たちの前に着地した。

激しい風が巻き起こり、芽衣は思わず目を閉じて天の背中に隠れる。

「……おや」

聞こえてきたのは、地面が揺れる程に低い声。

芽衣が恐る恐る目を開けると、そこに立っていたのは、巨大な剣を構えた、おそらく武神だった。

ギラギラと光る剣を見て、芽衣はゴクリと喉を鳴らす。

「……お前らは、ここでなにをしている」

「戌神捜しだ」

天があっさりとそう答えると、武神は大きく目を見開いた後、大声で笑った。

「なんとも舐《な》められたものだ。……我々がこうして捜し尽くしても捕まらぬというのに、お前のようなヒョロヒョロした狐が平然と戌神捜しと口にするとは」

「そっちこそ、そんな物騒な武器を振り回して、戌鍋《なべ》でも作る気か？」

「……なんと、無礼な」

ピリッと空気が震える。

どうやらこの武神は、怒りの沸点が低いらしい。天には散々好き放題言ったくせにと芽衣は思うものの、そのあまりの迫力に気圧《けお》され、とても口には出せなかった。

「お前なんかは役に立たぬ。……邪魔をするな。今すぐ立ち去れ」

空気はみるみる凍り付き、芽衣はたまらず天の袖を引く。

「い、行きましょう……?」

すると、天は小さく溜め息をつきながらも、結局頷いてみせた。

「――思ったよりも骨が折れそうだな。ああいう、いかにもややこしそうなのがゾロゾロいるとなると」

黒鼻山から少し離れたところでひと息つきながら、天はさも面倒そうに不満を口にした。

芽衣もやれやれと溜め息をつく。

「天さん、とはいえ、相手は神様ですから……」

「神だろうが、俺にとっては客かそうじゃないか以外に判断基準はない」

「そんな……」

天の言葉は極端だが、ただ、思ったよりも骨が折れるという感想に関しては、芽衣も否定できなかった。

戌神捜しをする神々は見た目が屈強なだけでなく、なかなかに気も荒いらしい。

そして、仮にも目標は同じだというのに、まったく協力的でないどころか、追いやられてしまう始末だ。

「っていうか、考えてみたら仁さんの宿って大崎八幡宮から近いですし、きっとあんな感じの神様たちも多くいらっしゃるんでしょうね……。そう考えたら、ちょっと大変かも……」

「ま、あの様子だと、そこそこ儲《もう》かってるようだから別にいいんだろう」

「荼枳尼天様一行の出稼ぎ兄弟としては、やっぱりお金が重要なんですね」

「……妙な呼び方をするな」

荼化すような言い方をしながらも、二人が商売上手であることを芽衣はもちろん認めている。

特に可惜夜なんて、伊勢神宮のお膝元であるやおよろずのように、全国から神様が集まって来るような環境ではない。

おそらく、二人には商売をする上での特別な資質があるのだろうと。

「……なんだか、いつもお仕事とは関係ないことにばかりつき合わせちゃって……、申し訳ないです」

やおよろずの経営のことを考えたとき、芽衣はふと、天を振り回し続けたこれまでの日々を思い出してそう零した。

すると天はわずかに笑みを浮かべ、立ち上がる。

「金ならもう十分過ぎる程ある。余計なことを考えてないで、そろそろ戌神捜しを再開するぞ」

「はい……！」

出会った頃の天に芽衣は守銭奴《しゅせんど》のような印象すら持ったものだが、思えば最近はすっかり変わってしまった。

もし、ほんの少しでも天に影響を与えられていたなら、――永遠に忘れられない思い出を、心に刻めていたなら、と。

自分がどうなってしまうのか不安な今だからこそ、芽衣はそう願わずにいられなかった。

もちろんそんなことは口にせず、芽衣は立ち上がる。

「次は船形山に行ってみるか」

「そうですね」

姿を変えた天の背中に掴まると、黒鼻山から見えていた場所だったこともあり、山頂まではすぐに着いた。

しかし、天の背中から降りた途端に周囲から伝わってきた多くの気配に、芽衣は途端に不安になる。

おそらく、武神たちが集まっているのだろう。見つかれば、またなにを言われるかわからない。

すると、天が突如、芽衣の体をひょいと抱え上げた。

「一旦隠れて様子を見る」

「えっ……、ちょっ……」

そして、質問する間も与えられないまま芽衣の体はふわりと浮き、あっという間に木の枝の上へ降ろされた。

「びっくりさせないでください……！」

芽衣の心臓はバクバクと騒がしいけれど、天はいたって冷静な様子で周囲を見渡している。

そして、ふいに驚くことを口にした。

「もしかすると、戌神が現れたのかもしれないな」

「え……！」

「これだけ騒いでいるということは、戌神が現れ、武神たちが追い回してるんだろう。……ここから見ていれば、戌神の姿を確認できるかもしれない」

そう聞いた芽衣は、息を呑んで下の様子を確認した。

ただ、辺りはあまりに暗い。

必死に目をこらしてもほとんどなにも見えず、武神たちが草を掻《か》き分けて走り抜ける気配を感じるだけで精一杯だった。

そしてその気配すら、やがて遠くへと離れていく。戌神を追いながら、他の場所へ移動したのだろう。

山は嘘のように静まり返り、芽衣は小さくため息をついた。――しかし、そのとき。

突如、天が芽衣と目を合わせ、口の前で人差し指を立てた。

ふたたび芽衣の心に緊張が走る。どうやら天は、この付近になんらかの気配を感じているらしい。

そして、――十秒にも満たない沈黙の後。

カサ、と木の葉を踏む乾いた音が鳴ると同時に、芽衣の視界にぼんやりと青白い光が映った。

その不思議な光はゆっくりと移動しながら、芽衣たちが身を隠す木の下へ、少しずつ近付いて来る。

やがて、ついに真下までやってきた瞬間、芽衣は息を呑んだ。

青白く見えた光の正体は、静かに燃える炎。

そこにいたのは、全身に炎を纏った、巨大な猛獣の姿だった。

ただし、それは芽衣の知るどの動物ともまったく違っている。

体長はゆうに二メートルを超え、ギラギラと赤く光る目には殺気が漲《みなぎ》っていた。

四本足でしなやかに歩く姿はライオンや豹《ひょう》のようでもあり、厚い毛に覆われた大きな体は熊のようでもあった。

すっかり怯えた芽衣は、思わず天の袖にしがみつく。すると、天は芽衣を宥《なだ》めるようにこくりと頷き、背中に手を添えた。

やがて、猛獣は辺りを警戒しながら、山の奥へと向かっていく。

炎もすっかり見えなくなった頃、芽衣はようやく息をついた――束の間。

天が突如、信じられないことを口にした。

「……あれだけ興奮していたら、今捕獲するのは無理だな」

芽衣にはその言葉の意味がまったく理解できず、キョトンと天を見つめる。

　すると、天も不思議そうに首をかしげた。

「捕獲……？」

「は？」

「あれを、捕まえるつもりですか？」

「……お前、なにしに来たんだ？」

「……」

　芽衣は天の言葉を頭の中で何度も繰り返した。

　そして、もっとも避けたいひとつの答えを導き出す。

「まさか……、あの猛獣が戌神様だとおっしゃる気ですか？」

　目を丸くした天の反応が、答えたも同然だった。

「……気付かなかったのか？　むせ返る程戌の匂いが充満していたのに」

「わ、わかりませんよ！　匂いなんて！　ってか、あんなに恐ろしい姿をしているなんて、聞いてません……！」

　あれではもはや、妖だと。

　自分がやり遂げようとしていることの難しさを、芽衣は嫌という程痛感した。

　同時に、大崎八幡宮に集う武神たちの姿を見て、戌一匹捕まえるためにどれだけ武装しているのだと、かなり不自然に感じたことを思い返す。

あれは戌神を捕獲するための武装ではなく、そもそも武装している神が集まってい るのだと仁から教えてもらったばかりだけれど、戌神の姿を目にした今、武神たちの 格好はむしろ適切だったと言わざるを得ない。

「大きいし、いかにも凶暴そうだし……、あんなのどうやって捕まえれば……」

「……さあな。ただ、武神たちも手段を選んでいないようだぞ」

「え？」

天の言葉がやたらと意味深に思え、芽衣は目を合わせた。

すると、天は周囲の木を指差す。

「アレ、なにかわかるか？」

「アレ？」

目をこらせば、そこにはぼんやりと光る、細いなにかが突き立っていた。

しかも、注意して見てみると、それはそこら中の木に確認できる。

不思議な光から判断するに、おそらくヒトの世には存在しないものだろう。ただ、 芽衣にはそれ以上のことはまったくわからなかった。

「なにか、刺さってますね」

「矢だ」

「矢……？　どうして……？」

「手段を選ばないと言ったろう」

「え……？　まさか……」

矢は戌神に対して放たれたものなのだ、と。

芽衣はその答えを導き出した瞬間、背中がゾクリと冷えた。

「待ってください……。相手は神様でしょう……？」

「まあ、そうだが。……長い年月が経ってもまったく捕まえることができず、崇拝する応神天皇に顔向けできないと焦った結果、こうなったんだろう。まあ、相手は神だ。矢に射られても死にはしない」

「そういう問題じゃないです！　いくらなんでも酷すぎます……！」

芽衣はつい興奮し、天の両肩を掴んで詰め寄った。

天を困らせても仕方がないことはわかっていたけれど、どうしても、感情が抑えられない。

「落ち着け。俺らが戌神を捕まえられさえすれば、こんな悲惨なことも終わる。……それに、おそらく武神たちだって無傷じゃない」

「そんなの……、攻撃なんてするからでしょう……？」

「だが、どっちが先かは知りようがない。今さらそんなことを討論しても意味がないだろう」

確かに、天の言う通りだった。

長く続いた捕獲劇の中、先に危害を加えたのがどっちかなんて、今さら知ったところでなんの解決にもならない。

重要なのは、もはや戦闘と化してしまったこの状況を、どうやって正常に戻すかに尽きる。

しかし、武神たちが芽衣の言葉に耳を傾けるとはとても思えず、興奮しきった戌神も然《しか》りだ。

策は浮かばず、時間ばかりが過ぎていく。

気付けば、空は白みはじめていた。

森はすっかり静まり返り、天は溜め息をつく。

「もう気配がなくなったな。……昼間はどこかでじっと身を隠しているんだろう。俺らも一度、可惜夜に戻って夜を待つ」

「そうですね……」

「芽衣は少し休め。海座頭の件からまともに休んでないだろう」

「はい……」

確かに、体は少し疲労が溜まっていた。

芽衣が頷くと、天は芽衣の体を抱え上げたままふわりと地面に飛び降り、そっと下ろした。

そして、すぐに狐へと姿を変える。

その背中に掴まり可惜夜へ向かう道中、芽衣は心の中に渦巻く様々な感情を処理できずにいた。

間もなく到着すると、すぐに仁が玄関に顔を出す。

「お疲れ様。おや、ずいぶん疲れているみたいだが……、大丈夫かい？」

「大丈夫です。……少し、考えすぎてしまって」

「ふむ。……ひとまず、少し寝るといい。寝れば多少は整理されるものだからね。……あまり無理はいけないよ」

「ありがとうございます……」

「添い寝は必要かい？」

相変わらずの仁の軽口には、芽衣が反応する間もなくすぐに天が睨みを返した。

芽衣は、仁が芽衣の気持ちをほぐしてくれようとしているのだろうと、もちろんわかっている。

芽衣がわずかに笑うと、仁も優しく微笑み、芽衣たちを中へ促した。

そして、部屋に入るや否やどっと疲れが押し寄せ、芽衣はすぐに個室に用意された布団に潜る。

ゆっくりと呼吸を繰り返すと、次第に気持ちが落ち着きはじめた。

ふと見れば、頭の方から障子越しに感じられる、天の気配。

どうやら、天はまだ寝ないらしい。

そもそも天に関しては、普段いつ寝ていつ起きているのかすら、芽衣はよく知らない。

同じ屋根の下で暮らしているといっても、芽衣の部屋は一階で、天の部屋は三階。様子を知るにはあまりに離れている。

「……天さん」

ふと気になって声をかけると、障子越しに漏れる灯がわずかに揺れた。

「眠れないのか？」

よく知るこの声は、いつも不思議なくらいに芽衣の心を穏やかにする。

芽衣は、ゆっくりと上半身を起こした。

「天さんは、いつ寝てるんですか？」

「俺は……、昔から、さほど長くは寝ない」

「昔って……、どれくらい昔ですか？」

「ただの狐だった頃からだ。……むしろ、あの頃の方が寝ていないかもしれないな。のん気に寝ていれば、たちまち誰かの餌になる」

「……そう、ですよね……」

天の短い言葉からは、狐として山で生きていた頃の過酷さが伝わってきた。

野生の動物たちが自然界で生き抜くことがいかに大変かを、芽衣だって少しは知っているつもりだが、あくまで想像に過ぎない。

そして、それを聞いて思い出すのは、興奮しきった戌神の姿。

武神たちからの尋常じゃない殺気に囲まれ、危険と隣り合わせの状態で逃げ回る日々はさぞかし苦しいだろうと、考えるだけで心が痛む。

「少し……複雑です。戌神様のこと……」

つい不安な気持ちを零すと、天はしばらく黙り込んだ。

そして、小さく息をつく。

「……確かに、正直見ていられないが、とはいえこれは、長年こじれ続けた結果だ。簡単にどうにかなる問題じゃない」

「……かわいそうです」

「戌神が、か？」

「……はい」

あれだけ怯えていたくせに、と。

今にも障子の奥から聞こえてきそうな沈黙だった。

けれど、――響いたのは、少し寂しげな溜め息。

「俺も同じだ。……だが、どちらも説得に耳を貸すとは思えないからな。正直この件は、かなり難しい。天照大御神が長い間頭を抱えていたっていうのも、わからなくはない」

「……長年どころの騒ぎじゃないですよ」

神様にとっては、数十年も、もしかしたら数百年すらも、ほんの束の間のことなのだろう。

神様たちと芽衣とのもっとも大きな違いは、まさに、その時間感覚の差だと言っても過言ではない。

そのとき、芽衣はふと、天照大御神が口にした「ヒトである、芽衣にしかない知恵」という言葉を思い出した。

いまだ、その意味はよくわかっていない。

けれど、思えば、芽衣の持つ時間の感覚もヒトならではのものだ。

「天照大御神様も、きっと早く解決しなきゃって焦ってらっしゃったんでしょうね。これ以上時間をかけてしまえば、本当にどうなっちゃうかわからないですもん……」

武神たちはもはや捕まえることばかりに囚われているし、当然、戌神だって素直に捕まりはしないだろう。

このままでは、誰も望まない最悪な結末を迎える可能性だって、十分にあり得る。

だから、ヒトの時間の感覚をもって事態の深刻さを見極めてほしいと、そう考えて託されたのではないかと芽衣は思った。

そんなことを考えていると不安はどんどん膨らみ、気付けば、芽衣の眠気はすっかり消えてしまっていた。

むしろなにかできることはないのかと、気持ちがソワソワしはじめる。

すると、突如、居間を隔てていた障子がスッと開いた。

芽衣が驚いて視線を向けると、そこには天が立ち、すっかり呆れた表情で芽衣を見下ろしている。

「お前、寝る気ないだろ」

「……だって。……っていうか、天さんだってまだ……」

「俺とお前とじゃ丈夫さが違うだろう。戌神を捕まえたいなら、少しは休んで回復させろ」

「だって……、なんだかいろいろ考えちゃって……」

ごにょごにょと言い訳する芽衣に、天は溜め息をついた。

そして、姿勢を低くし、芽衣と目を合わせる。

「だったら、こっちにいろ。……お前が一人で考えごとをすれば、ロクなことにならない」

「そ、そんなこと……」

「ないと言えるか？」

それを言われてしまえば、はっきり否定できない自分がいた。芽衣は結局、ごそごそと布団を抜け出て居間に入り、天の横に並んで座る。

すると、天は突如、芽衣の手を取り、指先の傷に触れた。

「……傷が広がってはいないみたいだな」

「はい。……とはいえ、変化がないってのも少し不気味ですけど……」

「要らぬ心配だ。戌神さえ捕まえれば、なんとかなる。……多分」

「まだ、可能性があるってだけですけどね……。そもそも、戌神様を捕まえられればの話ですし……」

ネガティブになっているわけではないが、現時点でなんの希望も見えていないのは事実だ。

芽衣はテーブルに突っ伏し、溜め息をつく。

すると、不思議なことに、突如激しい眠気に襲われた。

ついさっきまではまったく眠くなかったはずなのに、今は目を開けていられない程、瞼がずっしりと重い。

これは、天が傍にいるという安心感によるものだろうかと、芽衣はそんなことを思いながら、ゆっくりと目を閉じる。

ふいに名を呼ばれた気がしたけれど、もはや、返事ができる程意識は残っていなかった。

そして、芽衣はもはや抵抗することなく、あっさりと意識を手放す。

「――おやおや。まるで子供だな。天はさぞかし複雑だろう」

「……うるさい」

目覚めたのは、夜更け前。

じわじわと覚醒していく意識の中、聞こえてきたのは仁の楽しそうな笑い声と、左半身から伝わる体温。

そうか、あのまま寝てしまったのか、と。

芽衣はぼんやりと考えながら、わずかに目を開ける。

すると、まず視界に入ったのは、芽衣の顔を覗き込む仁の笑顔。

「起きたかい？　よく眠れたみたいで、なによりだ」

「……仁、さん……？　えっと……天さん、は……？」

「はは。真横にいるじゃないか」

「ん……？」

ふいに聞こえたのは、長い溜め息。

その距離感に、芽衣の頭はたちまち覚醒し、同時にすべてを把握した。

どうやら、天にもたれかかったまま、延々と寝続けていたらしいと。

ガバッと体を離すと、天は少し乱れた着物を直しつつ、呆れた顔で芽衣を見つめた。

「……部屋に運ぼうと思ったが……、お前が俺の着物を握りしめたまま寝たせいで、動けなかった」

「す、すみません……！　本当に……！　ご、ご迷惑を……！」

「いやいや、芽衣が謝ることはないよ。天だって別に運ぼうと思えばいくらでもできただろうし、あえて動かなかっただけだから。っていうのも、芽衣は着物を握りしめていたというよりは、抱きつ——」

「仁」

言いかけた仁の言葉を天が遮り、二人の間で意味深に視線が交わされる。

けれど、芽衣はそれどころではなかった。

「天さん、体痛くないですか……？　寝たのは朝なのにもう暗いってことは、私、かなり長い時間寝てましたよね？　ど、どうしよう……」

「……疲れは？」

「え？　……あ、すっかり取れましたし……、なんか、久しぶりにすごく気持ちよく眠れました……！」

改めて考えてみれば、頭はスッキリしていた。

不思議なくらいに寝覚めもよく、二人に笑みを向けると、仁が堪えられないとばかりに吹き出す。

「はは！ 芽衣は天然だなぁ。ある意味残酷ともいえる」

「仁」

「残酷……？」

「お前は考えるな」

さっきから、仁が挟む言葉の意味が、芽衣にはよくわからなかった。首をかしげると、天が仁を部屋の外へと追い払う。

「もう俺らは出掛ける。……そもそもお前は勝手に入って来るな」

「いやー、つい。興味本……じゃなくて、心配で」

「……早く出ていけ」

ようやく仁が出て行くと、天はほっと息をついた。

そして、外がすっかり暗いことを確認すると、芽衣を見つめる。

「そろそろ行くか。武神たちも動きだす頃だろう」

「はい……！」

芽衣としては、体を休められたとは思えない天が少し心配だったけれど、天はいたっていつも通りだった。

芽衣は今日こそ戌神を捕まえようと、気合を入れて立ち上がる。

その日、芽衣たちが向かったのは白髪山だった。

昨晩と同じように、周囲の様子を見渡すためにひとまず山頂付近まで行き、天の背から下りる。

すると、早速、付近で妙なざわめきを感じ、芽衣は緊張を覚えた。

「天さん……」

「ああ。近いな」

「やっぱり……！」

天は芽衣を抱えると、周囲で一番大きな木を探し、枝の上へ跳び上がる。

その木は森の中でも群を抜いて高く、周囲一帯を見渡すことができる絶好の展望だった。

そこからなるべく気配を察知されないよう静かに見下ろしていると、やがて草をかきわける音が近付き、武神たちの声も次々と聞こえはじめた。

「戌神様が、こっちに向かってるんでしょうか……？」

「おそらく」

「……でも、きっと今日も興奮してますよね……。これじゃ、いつまで経っても捕まえられない……」

「武神たちはその卓越した身体能力で、強引に捕まえるという力技の計画を変える気がないんだろう。こういっちゃなんだが、頭を使う気がないぶん、俺らにとっては邪魔にしかならない」

「……結構ハッキリ言いましたね」

「神とはいえ、なにもかも完璧なわけじゃない。……そうでなければ、天照大御神もわざわざ芽衣や俺に頼まないだろう」

「それは、確かに……」

長く神に仕え、神を相手に商売してきた天の言葉には、説得力がある。

だとすれば、やはりヒトである自分にしかできない方法があると、芽衣はそう信じずにはいられなかった。

ただ、今のところその答えはまったく掴めておらず、芽衣は必死に考え込む。

しかし、そのとき。突如、真下からガサガサと大きな音が響き、突如、芽衣の思考が途切れた。

慌てて視線を向けると、真下を通り抜けて行ったのは、——戌神。

ただ、その姿は昨日見たときと少し違っていた。

青い炎は弱々しく、息遣いもかなり激しい。ずいぶん弱っているように思え、芽衣は違和感を覚えてその姿を目で追う。——そして。

少し速度を緩めた戌神が月灯りに照らされた瞬間、芽衣は目を見開いた。

なぜなら、戌神の横腹から背中にかけ、おびただしい数の矢が突き立っていたからだ。

「嘘、でしょ……？」

まさかの光景に、芽衣は息を呑む。

「……かなり深手を負ってるな」

「あんなの、やりすぎですよ……！　殺す気ですか……？」

「死にはしないが、弱ってる。……追う方も頭に血が上ってるんだろう」

「酷い……、許せない……」

「……おい、落ち着け」

「落ち着けません！」

天に言われようとも、芽衣はどうしても感情を抑えられなかった。

悪い癖だと自覚しているものの、こうなれば、いつも冷静な判断ができなくなってしまう。

そして、そうこうしている間にも、武神たちの声がすぐそこまで迫っていた。

芽衣は居ても立ってもいられず、天の腕を掴む。

「天さん！　私を戌神様のところに連れて行ってください……！」

「おい……」

「お願い！　じゃなきゃ、戌神様が……！」

「お前が庇ったところで、どうにもならないだろう。神は死なないが、お前はそうじゃない。巻き添えを食って無駄死にしたいのか」

「でも……！」

天の言うことは尤《もっと》もだった。

けれど、それでも芽衣は諦めきれず、どんどん距離を狭めていく戌神と武神たちを気が気じゃない思いで見下ろしていた。

こんなときでも、策はなにひとつ浮かばない。

芽衣はそんな自分をじれったく思いながら、手のひらをぎゅっと握った。――そのとき。

ふと、ひとつの可能性が頭を過った。

そして、ふいに心の中に再生されたのは、「神は死なないが、お前はそうじゃない」という天の言葉。

「私……、もしかしたら……」

「どうした？」

そのとき芽衣が見つめていたのは、血の出ない傷口。

血どころか痛みもない、ヒトにあるまじき奇妙な傷だ。

自分はいつかヒトではなくなるのではないかと恐怖を感じていたけれど、その事実が逆に今、ひとつの希望を導き出そうとしていた。

「天さん……、やっぱり私、戌神様のところに行きたいです……！」

「何度言えば……」

「戌神様が死なないって、本当に本当ですか……？　あんなにボロボロになっても……？　私には、信じられない……。守ってあげなきゃいけない気がするんです。それに、私はきっと大丈夫ですから……！　……今の私なら、多分」

芽衣が天に傷を向けると、天は芽衣が言わんとすることを察したのか、大きく瞳を揺らす。

けれど、それでも頷くことはせず、苦しげな表情を浮かべた。

「……思いつきで試すのは危険すぎる」

「天さん……！」

「どうなっていようと、お前はヒトだぞ。……そんなわずかな希望に賭《か》けて、なにかあったらどうする」

「危険なのはわかってます！　天照大御神様だって、私にやり遂げられる可能性は限りなく無に等しいって言ってましたから！　……だけど、私たちがやろうとしてることは、神様がそう言うくらい大変なことなんでしょう？　この程度の賭けくらいで怯んでいられません……！」

ふいに、天が目を見開いた。

必死の訴えが伝わったのだろうと、芽衣は思った。

思えば、天にはいつも、こんな究極の選択に付き合わせていると、芽衣は自覚している。

ときには、芽衣の無茶な行動にハラハラさせ、かなりの心労を抱えさせているだろうと。

ただし、芽衣の原動力の元となっているのは、いつだって、天の傍にいたいという たったひとつの望みだった。

そして、おそらく天もそれを理解し、同じことを望んでくれているのではないかと、芽衣は思っている。

なぜなら、苦しそうに迷いながらも、いつだって最終的に導き出すのは、芽衣の背中を押すような決断だからだ。

現に、――天は芽衣の必死の訴えについに折れ、ゆっくりと頷いた。

「……俺の後ろから出るなよ」

「はい……！」

自分が戌神の元へ行ってどうなるかなんて、正直、芽衣にはわからない。

ただ、これまでの経験上、衝動に任せたとき程、勘が研ぎ澄まされるのも事実だった。

天はすぐに狐に姿を変え、芽衣を乗せるとひらりと木から飛び降りる。

そして、風のように駆けるとあっという間に武神たちを追い越し、やがて、速度を緩めた。

芽衣は、ゆっくりと顔を上げる。

目線の先には、弱々しく横たわる戌神の姿があった。

芽衣は背後から迫る武神の気配を警戒しながら、少しずつ、戌神との距離を詰める。

しかし、――芽衣の存在に気付いた戌神は、傷だらけの体を起こして牙を剥《む》き、芽衣を警戒した。

それは、戌というよりは猛獣も同然だった。

芽衣は込み上げる恐怖をなんとか押し込め、戌神を見つめる。

「戌神様……、私と一緒に来てくれませんか……？　大崎八幡宮の応神天皇様のところに、お連れしますから……！」

簡単に耳を傾けてもらえるなんて、もちろん思ってはいなかった。

事実、戌神は今にも飛びかからんばかりの勢いで芽衣を警戒し、グルル、と、殺気溢れる唸《うな》り声を上げている。

このままでは武神に気付かれるのも時間の問題だと、芽衣は焦り、さらに足を踏み出した。――しかし。

突如、戌神が大きく跳躍し――、状況を理解する間もなく、芽衣の体に激しい衝撃が走った。

なかばパニックで目を開けた瞬間、正面に迫る殺気に満ちた目に、息を呑む。

自分になにが起こったのか、理解するには時間が必要だった。体を起こそうにも、両肩にのしかかる強い力のせいで、身動きが取れない。身をよじろうとすれば、肩に鋭い爪が食い込んでくる。

そこで、ようやく芽衣は自分の置かれた状況を理解した。戌神の前脚で、地面に押さえつけられているのだと。

「っ……」

信じられないスピードに、頭はいまだ混乱していた。

言葉も出せない芽衣を、戌神は間近から睨みつける。——そのとき。

「やめろ……！」

天の叫びが響き、芽衣はハッと我に返った。視界には、狐に姿を変え、戌神に飛びかかる天の姿。

「天さん、待って……！」

芽衣は、衝動的に天を止めた。

今にも戌神の胴体に噛みつこうとしていた天は、ビクッと反応し、動きを止める。

「そんなこと、したら……！　武神様たちと同じになっちゃう……！」

攻撃し、敵とみなされればすべては終わりだと、芽衣はそう思っていた。

天はそれを理解したのだろう、すぐにヒトの姿に戻って芽衣の傍へ駆け寄り、戌神の鼻先を押し返した。

「……頼むから、落ち着いてくれ……！」

しかし、ヒトの姿では戌神の力に到底及ばず、ビクともしない。

ただただ、じっと芽衣を睨みつけている。

体の自由は奪われ、いつ殺されてもおかしくない状況だった。

ギラギラと血走った目には、殺気が満ち溢れている。――けれど。芽衣はその目の中に、ほんのわずかに、違った感情の存在を見つけていた。

「……戌神、様。私は……、なにも、しません」

それはおそらく、恐怖心。そして、長い間わけもわからず追われて傷つけられ、ひたすら逃げ続けた戸惑い。

「こんなに危険なのに……、それでもこの辺りから離れない理由は、帰りたいから、ですよね……？　だけど、武神様たちが囲んでいるから、帰れないんでしょう……？　私が必ず、連れて帰って差し上げます、から……」

グルル、と、ふたたび唸り声が響く。

そうこうしている間にも、武神たちの気配はみるみる近付いていていた。

「お願い、です……。早く、隠れなきゃ……、見つかっちゃう……」

芽衣は震える手を伸ばし、戌神の口元をそっと撫でる。

長い髭《ひげ》が、ピクリと反応した。それを迷いだと理解した芽衣は、すべての思いを込め、まっすぐに戌神を見つめる。

「私が、絶対に、守ります、から……！」

――しかし。

「戌神を見つけたぞ……！　捕まえろ！」

ついに間近から、武神たちの声が響いた。

このままではまずいと、芽衣は渾身《こんしん》の力で戌神の体を押し返す。

「戌神様！　早く逃げなきゃ……！」

すると、戌神はようやく武神たちの存在に気付き、芽衣を押さえつける前脚の力を緩めた。

しかし、戌神がくるりと芽衣たちに背を向けた瞬間、芽衣の視界に映ったのは、遠くから弓を引き絞る武神たちの姿。

「駄目……！」

慌てて体を起こしてからのことを、――芽衣は、あまり覚えていない。

突如、背中をえぐられるような激しい衝撃を受けたかと思うと、芽衣の体は大きく弾き飛ばされた。

その瞬間、目の前の光景が、まるでスローモーションのようにゆっくりと流れる。

視界には、自分を通り過ぎていく矢の雨と、少し前で振り返る戌神の姿。そして、芽衣の名を呼ぶ天の声が聞こえた。

背中を矢に射貫かれたのだと、そう理解したのは、脇腹から突き出た鏃《やじり》を見た瞬間だった。

まるで焼かれるかのような熱が全身に走り、心臓がドクンと不安な鼓動を打つ。

ただ、不思議なことに、そのときの芽衣に恐怖心はなかった。

それどころか、自分を過ぎ去っていく矢がどうか戌神に届かないようにと、冷静に考えていた。

しかし、体はみるみる地面に迫り、芽衣は固く目を閉じる。そして、体が打ち付けられる衝撃を覚悟した――けれど。

それは、一向に訪れなかった。

代わりに、ふわりと体が浮く、不思議な感覚を覚える。

恐る恐る目を開けると、やはり芽衣の体は宙に浮いていて、山道をゆらゆらと移動していた。

これはいったいどういう状況かと、混乱して振り返れば、目の前にはギラギラと光る戌神の目。

「え……?」

どうやら、戌神に咥《くわ》えられ、山の中を走っているらしい。

なかなか理解が及ばず、芽衣はただ揺られながら、しばらく茫然としていた。

傍には、並走する天の姿。ときどき心配そうに振り返りながら、小さく唸り声をあげている。

「天、さん……」

その目はまるで喋るなと訴えかけているようで、芽衣は自分を貫いた矢の存在を思い出した。

というのも、傷口に痛みはなく、そっと触れてみても一滴の血も流れていない。

予想していた通り、今の芽衣の体は傷を負わないらしい。もしそうでなかったなら間違いなく重傷だったと、ほっとする一方で、やはり複雑な気持ちもあった。

やがて戌神は速度を緩め、辿り着いたのは、黒鼻山の山頂。

そこは、さっきとうってかわって静まり返っていた。

天は注意深く周囲の気配を確認した後で、ヒトの姿へ戻る。

芽衣の体は柔らかい草の上へ、そっと降ろされた。

怒涛の展開で考える暇もなかったけれど、どうやら戌神は芽衣への警戒を解いてくれたらしい。

さっきまで殺気を帯びていた目もすっかり落ち着き、むしろ芽衣への心配が滲んでいた。

「戌神様……、お怪我は……？」

ふと思い出し、芽衣は戌神の背中を確認しようと立ち上がろうとした――けれど。

「待て。動くな」

止めたのは、天だった。

視線を向ければ、かなり焦った表情で、芽衣の脇腹から突き出た鏃《やじり》を確認している。

「天さん……、心配かけてすみません。だけど、これ、ぜんぜん痛くなくて」

「だからって、あんな捨て身なことをするな……」

天はそう言うと、矢を背中の方からゆっくりと引いた。

ズズ、と、体の中で異物が動く感触が気持ち悪く、芽衣は思わず目を閉じる。

しかし、そのとき右半身に突如、これまでに経験のない、奇妙な感触が走った。

驚いて見上げると、その瞬間、戌神の巨大な舌にべろりと舐められる。

「い、戌神、様……！」

どうやら、労《ねぎら》ってくれているらしい。

とはいえ、戌神の舌があまりに大きいせいで、舐められるたびに芽衣はふらふらとよろけ、倒れないよう支えることで精いっぱいだった。

「おい、戌神……、揺れるだろう。邪魔するな……」

天は迷惑そうな視線を向けるけれど、戌神に止める様子はない。

「ふふっ……」

芽衣はつい可笑しくなって、笑い声を零した。

やがて、芽衣の体からようやく矢が抜けると、戌神はゆっくりと立ち上がる。

また山へ逃げてしまうのだと考えた芽衣は、慌ててその前脚にしがみついた。

「だ、駄目です！　待ってください……！」

しかし、戌神はグルルと唸り、鼻先を使って芽衣の腕をそっと振りほどく。

「……お前を巻き込みたくないらしい」

「え？　……天さん、戌神様の言葉、わかるんですか？」

「言葉はない。感情が伝わるだけだ」

「じゃあ、伝えてください！　最後まで守るって……。武神様たちに見つからないよう、必ず大崎八幡宮まで送り届けるって！」

芽衣が必死に訴えると、天はやれやれと溜め息をつきながらも、戌神と目を合わせた。

おそらく、似た存在だからこそ叶う意思疎通の方法があるのだろう。その光景は、少し不思議だった。

言葉に頼って生きてきた芽衣には到底理解できないけれど、二人の間には、なにかが通っているような、独特な空気がある。

やがて、天が戌神から視線を外した瞬間、芽衣はゴクリと喉を鳴らした。

「どう、でした……？」

「……こっちにも都合があるってことは、理解したらしい。ただ、危険だと言ってる。……確かに、この巨体を連れて大崎八幡宮まで行けば当然目立つ。今度こそ武神たちから総攻撃を受けるだろうな」

「……ってか、それおかしくないですか……、戌神様は敵じゃないでしょう……？」

「本人からすれば、もはや敵だと言ってもおかしくないくらいの認識のようだ。長年かけて何度も衝突し、互いに負傷を重ね、今や目的が完全に歪んでいる。……俺たちの見解とだいたい同じらしい」

「神様だと思って黙ってましたけど……、いくらなんでも冷静さを欠きすぎじゃないでしょうか……」

芽衣は、戌神が攻撃を受けていた光景を見た瞬間からふつふつと湧き上がってきた憤りを、もはや押し殺すことができなかった。

天は溜め息をつきながら、小さく頷く。

「何度も言うが、神にもいろいろいる。……昨日も言ったが、神はお前が思う程万能でもなければ、公明正大《こうめいせいだい》でもない。……むしろ、弱い者の方がよほど柔軟で、切り抜けるために知恵を駆使するものだ。ヒトのことをさほど知っているわけじゃないが、お前を見てるとそう思う」

「天さん……」

たしかに、あまりにも弱い存在である芽衣がこの神の世で生きていこうと思えば、とても一筋縄ではいかなかった。

これまでの短い期間ですらたびたび困難に直面したし、ヒトの世で当たり前に生きてきたときとは大きく違う。

しかし、ここを居場所としている神々にとっては、おそらく芽衣と真逆なのだろう。

芽衣にとっては奇妙でしかないすべての物事が、神々にとっては当たり前の日常となる。

そう考えると、天照大御神から言われた、ヒトである芽衣にしかない知恵という言葉が、妙にしっくりと心に馴染んだ。

「……少し待ってくださいね。真剣に考えますから……」

芽衣は、今こそまさに知恵を絞るときだと、必死に頭を働かせる。

ただ、巨大でやたらと目立つ戌神をこっそり連れて行く方法なんて、そう簡単に考えつくとは思えなかった。

「芽衣。今回ばかりは、おそらく強行突破以外にない。たとえば、仁にも協力を仰いで、俺と仁で戌神の左右を固めて――」

「駄目ですよ！　危険すぎます……！」

「矢に射られたお前が言うか」

「言います！　天さんや仁さんが怪我したりしたら、私、付き合わせたこと一生後悔します……！」

芽衣は否定したけれど、万が一、強行突破しか策がないとするならば、天と仁が護衛するというのはひとつの手だ。足が速く俊敏な二人なら、武神たちに追いつかれる心配はないだろう。

ただし、今回の目的は、武神たちから逃げることではない。逆に、武神たちが待ち構える大崎八幡宮へ向かわなければならないのだ。

ただでさえ目立つ戌神が天や仁まで携えてしまえば、格好の的となるだろう。そうなれば、天たちが無事でいられるとはとても思えない。

とはいえ、現時点で、その他に希望がないのも事実だった。

このままでは天がその策を採用しかねないと、芽衣は必死に考える。――すると、そのとき。

芽衣の頭に突如、ひとつの可能性が過った。

「……なにをじっと見てる」

芽衣がまっすぐに見つめているのは、天の姿。

天は本来、狐だ。

いとも簡単に姿を変えるところを、芽衣はもう何度も目にしている。

狐は術を使っていろいろなものに化けられるのだと、ヒトの世でも昔話として言い伝えられているせいか、思えば芽衣はその事実を案外すんなりと受け入れていた。

そして、芽衣が今考えているのは、まさにその術のこと。

「天さん……って……、ヒト以外の姿に化けられるんですか……？」

尋ねると、天がわずかに首をかしげる。

「なれなくはないが……、それがどうした？」

「なら……、応神天皇様のお姿に化けることも……？」

天が、目を見開いた。

おそらくその反応は肯定を意味していると察し、芽衣の気持ちはたちまち高揚する。

芽衣が思いついた案とは――、天が応神天皇様に化け、戌神と共に大崎八幡宮に戻ること。

もし上手く騙すことができたなら、狙われることはまずないだろう。なにせ、応神天皇とは、武神たちが崇拝している神様なのだ。

「お前、……意外と頭が切れるな」

「意外は余計です……」

皮肉を言いつつも、天の目にはこれまでになかった光が宿っていた。

しかし、それも束の間、ふたたび難しい表情で考え込む。

「ただ……、問題なのは、騙す相手も神だってことだ。……しかも、崇拝しているとなれば、多少の違和感にもすぐに勘付くだろう」

「それは、確かに……」
もしバレてしまったときのことを考えると、背中がゾクリと冷えた。
ただし、少なくとも強行突破よりずっと可能性が高いことは、疑いようのない事実だ。
天も芽衣と同じ考えなのだろう、しばらく沈黙した後、深く頷く。
「とりあえず、やってみるしかないな。……一か八かだが、可能性がゼロよりは多少
マシだ」
「はい……！」
「となれば、応神天皇の姿を寸分違わず真似る必要があるな……。俺は、ずいぶん昔
に一度きりしか姿を見たことがない」
天はそう言うと、戌神と目を合わせた。
天と戌神は会話をしているのだろうと、芽衣は黙ってその様子を見守る。
戌神は応神天皇に可愛がられていたという話だし、その姿を聞くのにこれ以上適し
た相手はいない。
現に、戌神との会話を終えた天はふわりと姿を消したかと思えば、一瞬で、まった
く違う姿となって現れた。

「わぁっ……、て、天さん……？　です、よね？」

「ああ。……かなり動き辛いな、これは」

現れたのは、鎧を纏い、腰に巨大な剣を差した大男。

ただ、装いはかなり物々しいけれど、その表情は穏やかで、いかにも優しそうに見えた。

戌神がふるふると尾を振り、天に鼻先を寄せる。

「おい……俺はお前の主人じゃない」

「グルル……」

その様子がなんだか微笑ましく、芽衣はつい笑ってしまった。

天はやれやれと溜め息をつきながら、戌神の鼻を押し返す。——そして。

「始めるか」

ついに、作戦は決行となった。

不安を言い出したらキリがないが、芽衣に躊躇いはない。芽衣と天は成功を祈るように、目を合わせて頷き合った。

それから芽衣たちは、いよいよ大崎八幡宮へ向かった。付近までは誰にも見つからないよう慎重に移動し、そっと身を隠す。

周囲の様子を窺ってみると、そこはやはり多くの武神たちで溢れかえっていた。ざわめきが耳に届くと、芽衣の緊張がどんどん膨らんでいく。

天はふたたび応神天皇に姿を変えると、芽衣に頷いてみせる。

「……行くぞ」

「はい……！」

そして、芽衣たちはついに、大崎八幡宮の参道に立った。

その瞬間、周囲が一気に静まり返る。——そして。

「応神天皇様……」

「ついに、出て来られた……！」

方々から、一斉に歓声が上がった。

応神天皇に扮した天は、ボロが出ることを懸念してかあくまで言葉は発さず、頷きながらそれらの声に応える。

そして、ついに鳥居を潜った、そのとき。

突如、武神が正面に立ちはだかった。

「——失礼ながら……、貴方様は本当に応神天皇でお間違いないか」

明らかに、疑われている。芽衣の心臓が、ドクンと大きく鼓動した。

しかし、天は一切の動揺を見せることなく、平然と頷く。

「なぜ疑う」

「近年の応神天皇は戌のことばかりだ。逃げた戌に心を痛め、もうずいぶん長い間、本殿から一歩も出ていないと聞く。だというのに……、数々の武神たちの目をかいくぐり、いつの間にお出になられたのだ」

武神の疑問は尤もだった。

これだけの武神に囲まれていながら、目撃されずに本殿を出るなんて、普通に考えたら難しい。

しかし、天はそれでも表情を崩さず、武神を軽く睨む。

「戌を痛めつけることばかりに夢中な武神たちに気付かれぬよう出ることなど、さほど難しいことではない。……そこを通してもらえぬだろうか」

武神はピクリと眉を動かした。

その視線から、疑いが少しも晴れていないことは明らかだった。

武神はしばらく黙った後、ふたたび口を開く。

「では、……いったいいつお出になられたのかだけ、伺えぬだろうか」

芽衣は、その質問に、なんとなく不穏な気配を感じた。

おそらく天も同じなのだろう、動揺からか、指先がピクリと動く。

しかし、あまり時間をかければより怪しまれることは言うまでもなかった。天はあくまで平静を装い、答えを口にした。

「覚えておらぬ。ずいぶん前のことだ」

そのとき、——ふいに、武神がニヤリと笑みを浮かべる。

それがなにを意味しているか、もはや、考えるまでもなかった。

「……ずいぶん前とは、おかしいこともあるものだ。つい昨晩、巫女が御饌《みけ》を届けたと聞いたばかりだが」

しまった、と。

芽衣の心はたちまち不安で埋め尽くされた。

御饌とは、食事のこと。武神の言う通りなら、天の言葉と矛盾《むじゅん》してしまう。

けれど、天はそれでも動揺することなく、首を横に振った。

「私はもうずいぶん長いこと、御饌を口にしてなどおらぬ。そもそも、巫女と顔を合わせることもない。……私を謀《たばか》ろうとは、どういうつもりか」

強めな口調に、ついに武神が黙る。

芽衣の緊張はわずかに緩んだけれど、いまだ武神の目はギラギラと攻撃的に光っていた。

やがて、周囲の武神たちまでもが、少しずつざわめきはじめる。

気付けば芽衣たちは完全に包囲されていて、逃げる隙などない。もし今敵と見なされようものなら、ひとたまりもないだろう。

じわじわと、心を恐怖が満たしていく。

そして、武神が怯むことなくさらに距離を詰めた、――そのとき。

「おお、戌神よ……！」

突如、開け放たれた本殿から、戌神を呼ぶ声が響いた。

芽衣たちが視線を向けると、そこに立っていたのは、まさに今の天と寸分違わない姿。

それは、本物の、応神天皇だった。

周囲は応神天皇と天を見比べながら、さらにざわめく。

しかし、騒然とする中、戌神は嬉しそうに耳をぴんと立て、応神天皇の元へと一直線に駆け出した。

応神天皇も両手を広げて戌神を受け入れ、思いきり飛びかかられてよろけながらも、嬉しそうにその体を撫でた。

「ああ、会いたかった。……荒い者ばかりに追い回され、さぞかし恐ろしかったことだろう。もう二度と戻って来ないかと思っていたところだ」

応神天皇は、ずいぶん久しぶりの再会を心から喜んでいるように見えた。

そして、しっかりと再会を堪能した後、ようやく芽衣たちへ視線を向ける。

「……戌神を連れて来てくれたのは、そこの者たちか」

尋ねられた瞬間、天はふわりとヒトの姿に戻り、周囲はふたたびざわめいた。

「おやおや。……狐と……ヒトか。意外なこともあるものだ。だが、警戒心の強い戌神が心を許すとは珍しい。きっと、なにか不思議な力があるのだろう」

芽衣たちはひしめき合う武神たちの間を縫うように応神天皇の前まで進み、ぺこりと頭を下げる。

「天照大御神様から言付かって来ました。……応神天皇様が可愛がっている戌神様を捜すようにと……。応神天皇様が豊後の総本社に顔をお出しにならないと、困っていらっしゃって……」

「そうか。そういえば、戌神のことばかり考えていたせいで、そのことをすっかり忘れていた」

「……お忘れだったんですね」

神様はやはりときどき変だと、芽衣は口にできない言葉を飲み込んだ。

そして、背後にずらりと並ぶ武神たちをチラリと見た後、ふたたび応神天皇を見上げる。

「あの……、武神様たちがあまりに猛攻撃をなさるので……、あれでは、戌神様が逃げて当然です……。また同じことになったときのために、いくらなんでも危険だってこと、応神天皇様からもお伝えください……」

「ああ。……確かにそうだが——、しかし、戌神は戌神でなかなか狂暴なのだ。武神たちの中には、噛みちぎられてバラバラになり、いまだ繋がっていない者もいるという。……皆、警戒しているのだろう」

「……」

なるほど、と。

戌神と武神の戦いは思った以上に混沌としていたらしいと、芽衣は把握した。

そんな話を聞くと、戌神の前に立ちはだかった自分の行動が、より無謀に感じられてならない。

一方、戌神は素知らぬ様子で、相変わらず応神天皇にまとわりついている。

その、殺気も警戒もすべて払拭された子犬のような無邪気な姿を見ていると、芽衣は、いろいろ思うところはあるものの、やはりすべて間違っていなかったのだと思えた。

「ま……、とりあえず、よかったですね……」

「そうだな」

ともかく、こうして戌神は無事応神天皇の元へ戻ることができた。

一時はどうなるかと思ったけれど、終わってしまえばたったの二日と、想像以上に早い解決となった。

芽衣たちは応神天皇たちに挨拶を済ませ、仁のいる可惜夜と向かう。

そして、いつも通り、天の背に掴まりながら山道を移動していた、——そのとき。

突如、芽衣の脇腹に痛みが走った。

「いっ……！」

つい声を上げると、驚いた天はすぐに速度を緩め、芽衣を降ろしてヒトの姿に変わる。

「どうした？」

「すみません、なんだか、急に脇腹が……」

「脇腹……？」

そして、確認した瞬間、天は目を見開く。

不思議に思って見てみると、そこには、じわりと血が滲んでいた。

「えっ……！」

「おい、動くな」

「な、なんですか、これ！　ま、まさか矢に射られた傷？」

「そうとしか思えないだろう」

「嘘でしょ……！」

「おい、傷を見せろ」

「見せ……って、無理ですよ！　無理！」

「なにが無理なんだ。大怪我だぞ」

「無理でしょどう考えても！　と、とにかく可惜夜に……！　狐のお手伝いさんがいるかもしれないですから……！」

「は？」

「お、……女の子の！」

「……」

芽衣が叫ぶと、天はようやく理解したのか、少し呆れたような表情を浮かべながらも、ふたたび狐に戻った。

そして芽衣を乗せると、いつも以上の速度で可惜夜へ向かう。

芽衣はその背中に揺られながら、ぼんやりと、この不思議な出来事のことを考えていた。

頭に浮かんでいたのは、たったひとつ。

それは、ヒトに戻りかけているのではないかという希望だった。

天照大御神から言われた通り、ヒトの知恵を使って解決したことが作用しているのかもしれないと。

ただ、芽衣にとっては、ヒトの知恵というよりも、感情が赴くままに決断した結果でしかなかった。

なにはともあれ、ヒトに戻っていると考えると、脇腹の痛みが途端にありがたく思えてくる。

芽衣はこの不思議な現象に戸惑いながらも、もしかして、このまま天照大御神の願いを聞き続けたなら——と。

心に生まれた希望に、高揚せずにはいられなかった。

天照大御神《あまてらすおおみかみ》

両親は、日本の祖神・イザナギとイザナミ。伊勢神宮内宮に祭られる日本の最高神であり、太陽の神。

第三章　親の願いと竜神の涙

「——いくらなんでも、ヒト使いが荒すぎないか」

天照大御神から、「薩摩《さつま》の竜神《りゅうじん》がしばらく顔を見せに来ないから、様子を見に行ってほしい」というお願いをされたのは、戌神の件を報告しに行ったときのこと。

つまり、戌神に次ぐ依頼だ。

間髪入れずに飛んできた依頼に、天がぼやく気持ちはわかるものの、芽衣は内心ほっとしていた。

なぜなら、このまま頼みを聞き続けていれば、ヒトでなくなることを避けられるのではないかと考えていたからだ。

そんな芽衣たちがやってきたのは、薩摩は霧島山《きりしまやま》。

薩摩は今でいう鹿児島《かごしま》県にあたり、その北東の霧島山頂上にある大浪池《おおなみいけ》という火口湖が、今回の目的地だ。

天照大御神と話し、到着するその瞬間まで、天はずっと不満げだった。

またしばらくやおよろずを空けなければならないのだから、それも無理はない。

「すみません、また付き合わせてしまって……」

芽衣は申し訳なく思い、天に謝った。

しかし、天は溜め息をつきながら、首を横に振る。

「……俺じゃない。〝ヒト使い〟って言っただろう。……脇腹の傷はどうだ」

「え？　……あ、全然大丈夫です！」

ちなみに、武神に射抜かれた脇腹の傷は、いきなり出血して驚いたものの、傷口はほとんど塞がっていた。

ヒトでなくなりかけていたときに射られたからか、本来なら重傷であるはずなのに、もはや痛みすらない。

それはそれで奇妙だし、決して手放しで喜べないのだが、怪我をしないことを利用して武神の攻撃を切り抜けられたことは事実であり、文句を言うわけにはいかなかった。

「……とにかく、さっさと解決して帰るぞ。いくらこっちにも利があるとはいえ、こうも連続だとただの使いっ走りだ」

相手が最高神であろうと、天の態度はそう変わらないらしい。平然と文句を言う様子を見ながら、天らしいと芽衣は笑った。

「そうですね。ってか、この大浪池に竜神様がいらっしゃるって話ですよね……？あまり気配を感じませんけど……」

「元々、竜は気配を消すのが上手い」

「なら、とりあえず池の周りを歩いてみましょうか」

芽衣たちは、大浪池の周囲をゆっくりと歩いた。

大浪池はさほど大きくなく、外周は二キロ程。

深い森の中、美しい水を湛える風景はとても美しい。明るい時間ならばなおさらだろうと、芽衣は水面に映る月を眺めながら、夜中の散歩を密かに楽しんでいた。

しかし、しばらく歩き続け、ついには一周し終えても、竜神の気配はどこにも見つけられない。

天はついに立ち止まり、腕を組んで考え込んだ。

「なにか問題が起きているのかもしれないな。……それが、伊勢に顔を出せない事情に関係するのかもしれない」

「だけど……、会えなきゃ話も聞けないですね……」

芽衣がやるべきことは、おそらく前回と同様に、ヒトならではの知恵を使って解決すること。

それなりに意気込んではいるものの、当の本人と出会えなければ、どうすることもできない。

すると、そのとき。

ほんの、一瞬。どこからか、女性の泣き声が聞こえた気がした。

「天さん、今の……、聞こえました……？」

「今の？」

「誰かが泣いてたような……」

どうやら、天は気付かなかったらしい。

ただ、あまりに一瞬のことだったから、芽衣も今となってはあまり自信がなかった。

木々のざわめきとか、鳥の鳴き声だとか、勘違いしてしまいそうな音は、周囲に溢れている。

芽衣は勘違いだと思うことにし、ふたたび歩きはじめる。

しかし、それからしばらく歩き回ったものの、やはり竜神の姿はどこにも見付けられなかった。

途方に暮れた芽衣は、大浪池の岸に天と並んで座り、ぼんやりと池を眺める。――すると。

そのとき突如、天が後ろを振り返った。

「天さん……？」

「……妖の気配があった」

「妖……!?」

妖と聞いた瞬間、芽衣の心にたちまち緊張が走る。

天は芽衣を背中に庇い、周囲を警戒した。

しかし、まもなく気配は消えたらしく、ほっとしたように溜め息をつく。

「かなり弱い気配だったから、たいした妖でもなさそうだが……。一人で行動するなよ」

「はい……」

いくら気配が弱かろうが、芽衣にとってやはり妖は恐ろしいし、できれば出会いたくない。

そう考えていると、ふいに嫌な予感が浮かんだ。

「あの……、竜神様が現れない理由に、その妖が関わってたり、とか……」

妖とは、ときに神々をも脅かすと、芽衣はよく知っている。

ただ、もしそうだとするなら、考え得る中で一番最悪の展開だ。

不安げに見つめる芽衣に、天は無情にも小さく頷く。

「あり得なくはない。……竜神とは、信じる者が減るにつれ、力が弱まっていく。……大浪池の竜神も、妖に対抗する力をすでに失っている可能性がある」

「そんな……」

そう聞いて思い出すのは、以前出会った、篠島《しのじま》の竜神。

篠島の竜神の体は、あまりに小さかった。ヒトの世に信じる者が減った今、いずれ消えゆく存在なのだという寂しげな言葉は、今も記憶に強く残っている。

それはとても寂しいことだが、だからと言って、ヒトを責めることはできない。

芽衣だって、ヒトの世に住んでいた頃は、神様の存在を身近に感じたことなんてなかったし、深く考えたことすらなかった。

「だったら、妖をなんとかするしかないですね……」

「まだわからないが……、おそらく、そういうことになりそうだな」

天は溜め息をつく。

危険を伴う予感にさぞかしうんざりしているのだろうと、芽衣は申し訳ない気持ちで天を見つめた。

しかし、天は芽衣の頭に軽く触れ、小さく笑う。

「心配するな。たいした妖じゃないって言っただろう」

「いえ……、妖のことじゃなくて。……今回もまた面倒なことに付き合わせてしまうなって」

「おい……、何度も同じことばかり考えるな。別に付き合ってるわけじゃない。これは、俺の問題でもある」

迷いなく返された言葉に、芽衣の心は締め付けられた。

天は良くも悪くも気を遣うタイプではないから、間違いなく本音なのだろう。

それを心強く思いながら、芽衣は、また妖を相手にしなければならないこの事態に、覚悟を決めた。


それから芽衣たちは、森の中で身を潜め、妖が現れるのを待つことにした。

天が言うには、妖の気配があまりに弱いせいで、場所が特定できないらしい。

黒塚と遭遇したときのような、周囲の空気が澱《よど》む程の禍々《まがまが》しさを記憶している芽衣としては、内心ほっとしていた。しかし。

「早くなんとかしてあげないと、竜神様、きっとお困りですよね……」

「……そう、だな」

「天さん……？」

含みのある返事を返され、芽衣は違和感を持つ。

首をかしげると、天は怪訝《けげん》な表情を浮かべた。

「……さっきから考えてるんだが、この辺りから感じられる妖の気配は、やはりかなり小さい。竜神の力が弱まっているといっても、この程度の気配の妖に脅かされるというのは、さすがに妙だ」

「妖が原因じゃない可能性もあるってことですか……？」

「わからない。……ただ、なにかある気がする。ただの勘だが」

芽衣は、ゴクリと喉を鳴らした。

天は普段から、適当なことを言わない。だから、勘と言いながらも、口に出した以上は、それなりの確信があるのだろう。

芽衣は膨らむ不安を必死に抑えながら、木の陰で身を縮める。――すると。

突如、すぐ近くから、ガサガサと草が踏みしめられるような不自然な音が響いた。

芽衣は慌てて周囲に視線を泳がせる。

見渡す限り怪しい影は確認できないけれど、山の中はあまりに暗く、頼りは月灯りのみ。自分の目を信用するよりも、急にピリッと張り詰めた空気がすべてを物語っていた。

そのとき、——芽衣たちの視線の先で、なにかがゆらりと動く。

目をこらしてみれば、十メートル程先に、じりじりと動く二つの白い影が確認できた。

「天さん、あそこに……」

「……」

背後の天から伝わってくるのは、不自然な程の緊張感。芽衣は違和感を覚え、恐る恐る振り返る。

「天さん……？」

「……あまり、余計なことを考えるなよ」

「え？」

言われている意味が、よくわからなかった。

なのに、心臓はみるみる鼓動を速める。

芽衣は、ふたたび白い影に目をこらした。

それらは少しずつ動きながら、やがて、芽衣たちが身を隠す木の近くへと差しかかる。そして――、その姿を見た瞬間、芽衣は息を吞んだ。

それらは、白い着物を纏った、老婆と老爺。明らかに、ヒトだった。

ただし、――確実に、生きてはいない。

なぜなら、着物の袖から見える腕は小枝のように細く、首は不自然な角度で真下にガックリと項垂れ、まったく生気を感じられない。

放つ不穏な気配から、間違いなく妖だった。

その姿を見ながら、芽衣は「余計なことを考えるな」という、天の言葉の意味を理解する。

この妖たちは、黒塚と同じように、元はヒトだったのだと。

妖になってしまうことを怯えている今、その存在はなおのこと、芽衣を恐怖に陥れた。

動揺が隠せず、指先が震えはじめる。

「芽衣」

ふいに名を呼ばれ、芽衣の両肩がビクッと震えた。

「決して感情移入するな。あの二人からは、並々ならぬ念を感じる」

「わかって、ます……」

答えたものの、芽衣にはあまり自信がなかった。

二人の一歩一歩はあまりに苦しげで、深く曲がった背中には、伸《の》し掛かった深い悲しみが見えるかのようだ。

そして、近付く程に、低い唸り声も聞こえてくる。

苦しみや辛さが凝縮されたような唸り声は、聞いただけで動悸《どうき》がする程、重々しく響いていた。

芽衣は、決して、自分に救えるなんて驕りを持っているわけではない。けれど、同じヒトだと思うと、湧き上がる感情は複雑で、ひと言では言い表せなかった。

妖たちは、芽衣の視線の先を、大浪池に向かってゆっくりと進んでいく。

芽衣は息を潜め、決して気配を悟られないようにただその様子を窺った。――しかし。

突如、老婆が足を止め、ガクンと首を上げる。

その唐突な動きに、芽衣の背筋がゾクリと冷えた。そして、老婆はすっかり硬直してしまった芽衣へと、グルリと顔を向ける。

「っ……」

声にならない悲鳴が漏れた。

向けられた老婆の顔は、肉が削げおち、ほとんど骸骨《がいこつ》も同然だったからだ。逃げなければ、と。焦りが込み上げるものの、鈍く光る老婆の目に捕らえられたかのように、指先ひとつ動かすことができない。——すると。

「お、お浪《なみ》、かい」

突如、老婆の震える声が響いた。

「お浪、だと……？」

同時に老爺も同じ言葉を繰り返し、芽衣に視線を向ける。

芽衣の心は恐怖で満たされながらも、二人が口にした「お浪」という言葉がやけに引っかかった。

しかし、想像できるのは、それがおそらく女性の名前であることのみ。

するとそのとき、芽衣の体は天によってふわりと抱え上げられた。

「一旦逃げるぞ」

芽衣は我に返り、声も出せないまま頷く。そして、天が背後に向かって駆け出した、瞬間。

「お、お浪……、ま、待って、おくれ」

悲しみに満ちた叫びが、森の中に響き渡る。

それは、すっかりその場を離れてしまっても、芽衣の心の中に貼りついたかのように、延々とこだましていた。


「あの二人……、なんだか悲しげでしたね……」

ずいぶん離れた場所まで逃げてきた芽衣たちは、周囲に気配がないことを確認し、ようやく息をついた。

天は木に背をもたれて腰を下ろし、芽衣もその横に並ぶ。

「お浪、か」

「それって、名前でしょう……？　家族……？　もしかして、二人の娘さんとか……」

「俺もそう思っていた。あれ程強く思い残すとなれば、かなり身近な者だろう。二人は夫婦で、なんらかの不幸によって娘を亡くし、悲しみが拭えないまま、死んでも浮かばれず妖と化した——ってところか」

「なるほど……」

さっきはすっかり混乱していたけれど、確かに、芽衣たちの気配に気付き、お浪と名を呼んだときの二人は、かなり切羽詰まった様子だった。

二人の格好から考えて、生きていたのはかなり昔だと考えられる。

つまり、ずいぶん長い間、あんなふうに森を彷徨《さまよ》い続けているのだろう。二人の姿は恐ろしかったけれど、そう考えると哀れに思えてならなかった。

妖とは、悲しい存在だ、と。

芽衣は重い溜め息をつく。

あの夫婦の妖が大浪池の竜神に関わっているのだとすれば、なんとかしなければならないが、気が重くてたまらなかった。

ただでさえ妖は恐ろしいというのに、元がヒトであると知ると、心がより憔悴《しょうすい》してしまう。

芽衣は、もはや何度目かわからない溜め息をついて、ふと正面を眺める。すると、視線のずっと先に、月灯りで輝く大浪池が見えた。

「……ずいぶん離れた気がしてましたけど……、ここからも、大浪池が見えるんですね」

「ああ。ここは、さっきの場所から大浪池を挟んでちょうど逆だ」

「なるほど、大浪池に沿って逃げたってことですね……」

芽衣は納得し、その幻想的な風景を眺めた。

木々の隙間からほんのわずかに見えるだけなのに、大浪池を見ていると、不思議と気持ちが落ち着いていく。

「綺麗な池ですね。……私がヒトの世にいたときでも、こんな風景を見たら、神様が棲《す》んでるって信じちゃってたかも」

「そう思う者は多いんじゃないか。……大浪池の竜神は、ヒトに寄り添う慈悲深い神として有名だ」

「へぇ……、ヒトに愛されてる神様なんですね。……もしかして、さっき聞いたお浪って名前も、大浪池に由来して付けられたのかな……？」

「おそらく、そうだろうな」

「……なんだか、少し気が重いですね。あの妖の夫婦も、かつては大浪池の竜神様に祈りながら生きていたって思うと」

芽衣はやりきれない気持ちで、そっと目を伏せる。すると、天はゆっくりと首を横に振った。

「あの妖たちが直接の原因かどうかは、まだ予想でしかない。しばらく様子を窺う必要がある。……ただ、この辺りには可惜夜のような宿はない。休むとしても外になるが……」

「全然大丈夫ですよ、そんなの」

「悪いな」

むしろ、そんなことを気遣ってくれていたのかと芽衣は驚いた。

すると、天は突如狐に姿を変え、尾で芽衣の体を引き寄せる。

芽衣は促されるまま天の横腹にぽすんと体を埋めると、まるで毛布のように優しい感触に包まれた。

「うわぁ……、あったかい……」

背中に乗せてもらうことはよくあるが、お腹の毛はさらに柔らかく、たとえようのない心地よさだ。

これならむしろ宿よりずっと快適だと、芽衣が顔を埋めると、さらに上から尾で包まれる。

冷静になれば、天と密着しているこの状況に落ち着いていられるはずがないのに、狐の姿のときは、不思議と平気だった。

ついさっきまでは妖に怯えていたというのに、次第に眠気すら込み上げてくる。

「……なんか、寝ちゃいそう、です」

そんな芽衣に、天は頷きを返すように小さく唸った。

目を閉じると、あっという間に意識が遠くなっていく。

芽衣はそれに逆らうことなく、やがて眠りについた。


目を覚ましたのは、夜中。

ずいぶん長く眠っていたような感覚があったけれど、まだ夜が明ける気配はない。

そっと横を見れば、天はまだ深く眠り、規則的な呼吸を繰り返していた。

警戒心の強い天がここまで無防備な姿は珍しい。ただ、考えてみれば、立て続けに長い距離を移動している天が疲れているのは当然だった。

芽衣は起こさないよう、そっと鼻先を撫でる。

すると、そのとき。

ふいに、どこからか、かすかな泣き声が聞こえた気がした。

勘違いだろうかと、芽衣は辺りに耳を澄ます。すると、今度は大浪池の方からはっきりと聞こえてきた。

それは、すすり泣く女性の声。おそらく、ここへ着いたときに聞こえたものと同じだ。

やはりあれは空耳ではなかったのだと、芽衣は少し恐くなった。

ただ、不思議と、その声に不気味さはない。聞いているうちに、だんだん同情心すら込み上げてくる。

芽衣はいつの間にか、そのさめざめとした泣き声に聞き入っていた。

伝わってくるのは強い悲しみだが、それだけではない。聞けば聞く程、頭の中が真っ白になっていく。——しかし。

「お、お浪……！」

それは、突然だった。

周囲には気配なんてまったくなかったはずなのに、突如目の前に現れたのは、さっき見た夫婦の妖。

芽衣の腕は両方向からがっちりと掴まれ、悲鳴を上げる暇もなかった。

「も、もう、二度と、……二度と、離さぬ。なにが、あっても……！」

落ち窪《くぼ》んだ目が迫り、恐怖に抵抗もままならない。このままどこかへ連れ去られてしまうのではと、背筋がゾクリと冷えた。

しかし、そのとき突如、後ろから大きな力に引き寄せられ、妖たちの腕が離れる。

振り返れば、芽衣の着物を咥える天。天は芽衣を後ろへ庇うと、妖たちを睨みつけ、激しく唸った。

妖たちは一瞬怯んだものの、すぐに姿勢を直し、天に掴みかかる。

「な、なぜ。なぜ奪う……。私の、お、お浪……」

どうやらこの夫婦は、芽衣をお浪だと勘違いしているらしい。

「人違いです……！　私はお浪さんじゃないですから……！」

芽衣は天の背中に隠れながら、必死に否定した。

すると、妖たちの動きがピタリと止まる。

「……お浪では、ない……？」

どうやら、芽衣の言葉は通じているらしい。それは不幸中の幸いだと、芽衣は続けて訴えかける。

「違います……！　私は芽衣といいます！　あなたたちが探してるお浪さんではありません……！」

夫婦の妖は、静かになった。

しかし、このまま去ってくれるのではないかと、芽衣が一瞬油断した、――そのとき。

「――だが、お浪は、この辺りで消えたのだ」

老爺の低い声が響いた。

同時に、老婆がガクンと首を上げる。

「記憶が、な、ないのかもしれぬ……！」

「え!? そんな……、私は……！」

「ち、違う、ものか」

「ちょっと……！」

夫婦の妖からは、さっきとは比べ物にならない程の不穏な空気が溢れていた。

その急激な変化に、芽衣の足がガクガクと震える。

しかし、怯んでいる暇はなく、二人は天の左右から芽衣に向かって、必死に手を伸ばしてきた。

天が二人を威嚇《いかく》するけれど、その勢いは収まらない。どうやら、妖たちの目には芽衣しか映っていないらしい。

両方向からとなればなかなか防ぎきれず、天はヒトの姿に戻って二人の腕を捕え、芽衣に視線を向けた。

「一旦ここから離れろ！」

「でも天さんが……！」

「時間を稼いでから後を追う！　おそらく、こいつらはヒトの匂いでお前に気付くらしい。……池の中に入れ」

最後のひと言は、芽衣にしか聞こえないくらいの小さな声だった。

芽衣はゴクリと喉を鳴らす。

心細いけれど、妖たちの剣幕を見ていれば、もはや迷っている暇はなかった。

芽衣は天に背を向け、大浪池へ向かって勢いよく駆け出す。

背後からは、妖たちの叫び声が聞こえた。その声は、恐ろしくも哀しかった。

芽衣は足がもつれそうになりながらも必死に走り、やがて森を抜け、ようやく大浪池に辿り着く。

そして、生い茂る低木をかき分けながら、岸ギリギリまで来て足を止めた。

水に入れと言われたとき、匂いを辿られないためだと察した芽衣は、その案になるほどと思った。しかし、いざ岸に立ってみれば、どうしても足がすくんでしまう。

水面までの落差はさほどないが、真っ暗な水の中に入るというのは、かなりの勇気が必要だった。

その上、すっかり秋になって気温が低い今、池の水は相当冷たいだろう。

しかし、今はあまり躊躇っている場合ではなかった。

「女は度胸……！」

芽衣は固く目を閉じ、岩に掴まりながら池の中に体を滑り込ませる。

足先が浸かった瞬間、キンと冷えた水にたちまち体温を奪われた。あっという間に感覚が麻痺《まひ》し、唇が震える。

「想像より、やばい、かも……」

もはや、痛いと表現するほうが的確に思えた。

それでも、芽衣は妖に見つからないようにと、無我夢中で岸から手を離す。――しかし。

岸の傍だというのに大浪池の水深は想像よりもずっと深く、足が底の感触を探り当てられないまま、芽衣は一気にどぼんと頭まで浸かった。

泳ぎは苦手ではないけれど、水を吸った着物は重く、手足を動かすこともままならない。

このままでは溺《おぼ》れてしまうと焦るばかりで、真っ暗な上にパニック状態の芽衣は、どっちが水面なのかすら判断できなかった。

そして、間もなく呼吸は限界を迎えた。

思いきり水を飲み込んでしまい、ぼんやりと意識が遠退いていく。

こんなところで死ぬわけにはいかないと思うものの、すでに体は言うことをきかず、指先ひとつ動かせない。

やがて、完全に意識が途切れかけた、そのとき。

ふいに、足首を何者かに引かれるような、奇妙な感触を覚えた。そのまま、芽衣の体はどんどん深い方へと沈んでいく。

暗い池の中、底へ向かって足を引かれるなんて、普通に考えたらかなり恐ろしいはずなのに、そのときの芽衣は不思議と落ち着いていた。

足首を掴むなにかの感触が、暖かったせいかもしれない。——そして。

「——やはり、ヒトでしたか。不思議なこともあるものです」

女性の声が聞こえると同時に、芽衣はゆっくりと目を開けた。

まず目に入ったのは、小さな行灯《あんどん》。そして、芽衣の向かいには小柄で美しい女性が座っていた。

「あれ……、私……」

底へ沈んだはずなのにと、芽衣は不思議に思う。水を吸っていたはずの着物も、すっかり乾いていた。

改めて周囲を見渡してみるものの、行灯は二人を照らすのでせいいっぱいで、ここがどこなのかまったくわからない。

するとと、女性は穏やかに笑う。

「まさか、ヒトが迷い込むとは……」

「あの、ここは……」

「大浪池の底です」

「池の底!?」

そんなことはあり得ないと、芽衣はふたたび辺りをぐるりと見渡した。そして、周囲はどうなっているのだろうかと手を伸ばすと、指先に、ひやりと水の感触を覚える。

「えっ……！　み、水が……！」

「ええ」

ごく当たり前のように頷かれ、芽衣はポカンとする。

どうやら、芽衣がいる場所は、女性の説明通り大浪池の底らしい。ただし、芽衣たちの周囲だけ水がなく、小さな空間になっている。

「へ、変なの……！　だけど、すごい……！」

「ここにいれば、見つからずに済むのです……」

「見つからずに……？」

そう聞いた瞬間、芽衣は、自分も妖たちから逃げるために大浪池へやって来たことを思い出した。

もしかして匿《かくま》ってくれたのだろうかと、慌てて頭を下げる。

「ありがとうございます……！　もしかして、あなたもあの夫婦の妖から逃げてるんですか……？」

「ええ」

「やっぱり……。怖いですよね、あんな妖が徘徊《はいかい》していたら……。全然話を聞いてくれないし……」

「あれは、私の両親なのです」

「……はい？」

思いもしない言葉に、芽衣は目を丸くした。

すると、女性は悲しげに俯く。

「正しくは、ヒトの世にいたときの、両親でした。……彼らがあんなふうになったのは、私のせいなのです……」

立て続けに聞いた衝撃の事実に、芽衣の頭はまったくついていけなかった。

ただ、女性の話を聞きながら、ふいにひとつの可能性が頭を過る。

「ってことは……、あなたが、お浪さん……？」

すると、女性は一度ゆっくりと頷き、それから続きを口にした。

「それは、ヒトの世での名です。……ですが、私はヒトではありません。……本当の姿は、ここに棲む竜なのです」

この女性が大浪池の竜神なのだ、と。芽衣はいまだ混乱していながらも、密かに納得した。

ただ、やはり、理解できないこともたくさんある。

「あの……、どうしてヒトの世での名前があるんですか……？　それに、両親から追われてるっていうのは……」

どういう経緯《いきさつ》か知らないが、このお浪と名乗る竜神には、ヒトの世で暮らしていた過去があるらしい。

つまり、神の世に一人迷い込んだ芽衣と、真逆の状況だ。

しかし、お浪は答えを口にする前に、水面の方へ視線を向けた。

「お連れの狐が探しているようです。一度、戻りましょう」

「あ……！」

どうやら、天は夫婦の妖から無事に逃げたらしい。

芽衣が頷くと、お浪は立ち上がり、芽衣の手を引いてゆっくりと水面へ向かった。

動いても芽衣たちの周りだけは水が避けるという奇妙な風景に驚きながら、やがて水面から顔を出すと、岸に立つ天の姿が目に留まる。

「天さん！」

「……お前、どこに……」

さすがの天も、芽衣が水の中から現れたことには驚いたらしい。

けれど、お浪の姿を見ると、すぐに状況を理解したようだった。

「大浪池の竜神だな」

「ええ。……私の両親が迷惑をかけたようで、大変申し訳ございません」

「両親……？」

やはり、天の反応も芽衣と同じだった。

芽衣は岸まで移動すると、早速、お浪から聞いたばかりの話を天に伝える。

「竜神様が、あの妖たちが探しているお浪さんなんだそうです……」

「……どういうことだ」

さすがの天も、混乱しているらしい。しかし、お浪もまた小さく首をかしげた。

「あの……あなた方は、どうしてここへ？　もしかして、私を捜しにいらしたのですか……？」

　尋ねられた瞬間、芽衣は、自分たちの事情はなにも伝えていなかったことを思い出した。

「そうだった……。なにもお話ししてなかったですね。私たちは、天照大御神様から言付かって来ました。ずいぶん伊勢へいらしてないようなので、なにかお困りなのではないかと、心配していらっしゃいまして……」

　天照大御神の名を口にした瞬間、お浪は瞳を揺らす。

　その目には、みるみる涙が溜まった。

「ああ、私も……、もちろんお会いしたいのです。ですが……、私にはその資格がありません……」

「資格……？」

「ええ。……ヒトに関わり、無責任に情をかけ、やがては妖を作り出してしまいました……。こんな私が天照大御神様に顔を見せるなど、決して許されないことでしょう……」

　零れ落ちる涙が真珠のようにキラキラと輝きながら、次々と地面を濡らしていく。

　辺りに響く悲しい泣き声を聞きながら、芽衣は、ここへ来てから二度耳にしたあの泣き声は、お浪だったのだと察した。

芽衣と天は、顔を見合わせる。

「なにがあったのか、話していただけませんか……？　もしかすると、私たちにできることがあるかもしれませんし……」

しかし、お浪は指先で涙を拭いながら、首を横に振った。

「……もはや、できることなどありません。……ですが、迷惑をかけてしまいましたから、事情はお話ししましょう。――そもそもは、私が安易にヒトと関わりを持ったことが、すべてのはじまりなのです」

芽衣の心が、ぎゅっと震えた。

その続きを聞くのが怖いと思ってしまう程に、お浪の深い後悔が伝わってきたからだ。

お浪は過去に思いを馳せるかのように遠くを見つめ、ゆっくりと、続きを口にする。

「両親には、子ができませんでした。強く望んでいたものの、連れ添ってから何年経っても、一向に恵まれなかったのです。二人は毎朝毎晩ここを訪れ、子を授けてほしいと願い続けていました――」

お浪が語ったのは、とても悲しい話だった。

それは、夫婦の妖が、まだヒトとして生きていた頃のこと。

来る日も来る日も大浪池に通い、必死に願い続ける夫婦をあまりに不憫《ふびん》に思った竜神は、二人の子として、妻のお腹に宿ることを決めた。

やがてヒトの子として生まれると、夫婦は泣いて喜んだという。

夫婦は、大浪池の竜神が、自分たちの願いを聞き届けてくれたのだと信じ、子にお浪と名付けた。

お浪はそんな二人に大切にされながら、とても美しい娘に育った。

十五を迎えた頃には、遠くの村まで噂が届く程の美貌を持ち、お浪を妻として迎えたいとわざわざ訪ねて来る男たちが後を絶たなかったという。

しかし、お浪は、相手がどれだけ高い身分であろうとも、一切首を縦に振ることはなかった。

お浪の幸せを願う両親は心配したけれど、お浪には、嫁ぐことができない理由があった。

それは、――元々水の中で暮らすお浪の体が、すでに限界を迎えようとしていたこと。

十七を迎えた頃にはすっかり痩《や》せ細り、絹のようだった肌は少しずつ黒く澱《よど》みはじめた。

病気を心配した夫婦は、決して裕福でないのに名のある医者を呼んでは高価な薬を試したりと、かなりの無理をしながらもなんとかお浪を治そうとした。

ただ、薬ではどうにもならないとわかっているお浪は、二人の努力が苦しくてたまらなかった。

言い寄る男たちもピタリと来なくなり、むしろ、どんどんミイラのように枯れていくお浪を、今度は妖だと蔑《さげす》む者まで現れはじめる。

変わらない愛情を注いでくれたのは、両親だけだった。

自分がここにいれば迷惑をかけてしまうと、けれどいなくなればさぞかし悲しむだろうと、お浪は、毎日毎日ひたすら悩み続けた。

そして、ついに決断をしたのは、――十八になった日。

お浪は夜中に夫婦の元を抜け出し、大浪池へ向かった。

しかし、両親に気付かれ、後を追われてしまう。

お浪は、今にも脆く崩れてしまいそうなボロボロの体で必死に逃げ、ようやく大浪池に辿り着くと、水の中へと体を滑り込ませた。

水に触れた瞬間、お浪の体はたちまち朽《く》ち果て、同時に竜の姿を取り戻した。――

けれど。

お浪の視線の先にあったのは、泣き叫ぶ両親たちの姿。

お浪が消えてしまったことを嘆き、二人はそのまま何時間も、――何日も、延々と泣き続けた。

なにも口にせず、眠らず、ただお浪の名を叫びながら。

「――やがて、二人の命は果て……、妖と化してもなお、私のことを捜し続けているのです……」

お浪が言葉が終わってからも、芽衣はしばらくなにも言えないでいた。ヒトを思う竜神の優しさが招いた結果は、あまりにも、悲惨だった。

お浪は深く俯く。

「こうなるとわかっていたならば……、私はあのような愚かなことはしなかったでしょう。……とても、後悔しています」

「そんな……」

「今、私が姿を現したなら、……余計に悲しませてしまいます。もう共にいられないことも、……私が、嘘をついて二人の子として生きていたことも」

「……」

そんなことはないと言ってあげたいのに、芽衣には、慰めの言葉を口にすることができなかった。

話を聞いただけでも、夫婦がお浪に注いだ愛情や、失ったときの悲しみや、それに苦しむお浪の気持ちがいかに深いかを容易に想像でき、理解できるなんて簡単に言えない。

お浪は静かにポロポロと涙を零しながら、重い溜め息をつく。

「……私にできることは、二人が浮かばれることをただ祈り、見守り続けることだけです。……私の犯した罪は、取り返しのつかない、とても許されないものです」

「お浪さん……」

「……すみません、少し、疲れました。……水の中へ戻ります」

結局なんの解決の糸口も掴めないまま、お浪は芽衣たちの元を去り、ふたたび大浪池の中へ消えていった。

あまりのショックに身動きが取れない芽衣の肩に、天がそっと触れる。

「そう気を落とすな。……まだ諦めるには早いだろう」

「……そうです、けど」

「とにかく、また夫婦の妖に見つかるとまずい。……身を隠せそうな場所を探す」

芽衣が頷くと、天は芽衣の体を抱え、注意を払いながら森の中へ入った。

そして、幹の太い立派な樫《かし》を見つけると、下から見えない高さまで軽々と上り、枝に芽衣を降ろす。

「一旦待機だ。……落ちる心配はないから、安心して寝てろ」

天は狐に姿を変え、枝の上で器用に丸くなって、ふたたび尻尾で芽衣を包み込んだ。

確かに、これなら落ちる心配はないだろうと、芽衣は天に体を委《ゆだ》ねる。

天の体に包まれていると、張り詰めていた心がじわじわとほどけていく感触を覚えた。

次第に、体がぐったりと重くなっていく。どうやら自分は疲れているらしいと、芽衣はまるで他人事のように考えていた。

ぼんやりと大浪池の方を眺めれば、池の岸あたりに、かすかに見える二つの影。

おそらく、お浪を捜して彷徨う夫婦の妖の姿だろう。妖と化した背景を知ってしまった今、その光景は、見ているだけで胸が苦しかった。

やがて、天から伝わる体温に誘われるかのように、芽衣はゆっくりと目を閉じる。

意識を手放す寸前、かすかにお浪の泣き声が聞こえた気がした。

〝どうか、理由を聞かせておくれ〟と。

大浪池の岸で夫婦が泣き叫ぶ光景を前に、芽衣は、これは夢だと察した。

現実と錯覚しそうな程にハッキリした夢だったけれど、視点が水の中からだったことや、夫婦の姿がまだヒトであることで、気付くのにはさほど時間がかからなかった。

水面越しに二人を見ていると、胸が張り裂けそうに痛む。

二人の涙は水面に次々と波紋を作り、はかなくも消えていった。

これは、周囲に漂う深い悲しみが見せた幻覚なのかもしれないと、二人を見ながら芽衣は思う。

哀しいけれど、どうすることもできないと、まるでお浪を代弁するような辛さと後悔が、心の中を満たしていた。

二人の悲痛な叫びは延々と続き、止まることはない。

会いたい、顔を見せてほしい、声を聞かせてほしい、愛しい――。まっすぐな訴えが、心に容赦なく突き刺さってくる。

芽衣はあまりの苦しさに、両手で顔を覆った、そのとき。

グルル、と、耳元で聞きなれた唸り声が響き、――芽衣は、夢から覚めた。

目の前には、芽衣を見つめる狐姿の天。いかにも心配そうに瞳を揺らす様子を見て、おそらくうなされていたのだろうと察した。

芽衣は、心配ないというように頬にそっと触れる。

「竜神様の優しさが、ちゃんと報われたらいいのに……」

なかば無意識に呟くと、天はまるで頷くかのように、ゆっくりと瞬きをする。

芽衣は天の体に両腕を回し、ゆっくりと呼吸を繰り返した。

天が狐の姿でいてくれてよかったと、芽衣は密かに思う。

どちらも天に変わりないが、狐のときの方が、心細いときや寂しいとき、遠慮なく抱き着けてしまうからだ。

辛い夢を見た後だからなおさら、こうして天の体温と甘い香りに包まれることは、芽衣にとって大きな癒しになった。

やがて、夜が明けると、大浪池の岸を歩いていた妖たちの気配も、いつの間にか消えていた。

芽衣たちは妖の気配が完全に消えたことを確認すると、木から下りて大浪池に向かった。

大浪池の周囲には、紅葉の季節でもあるせいか、早い時間からヒトの姿がチラホラと見られた。

皆が登山の装備を整えている中、着物姿で出て行くのはあまりに怪しいだろうと、芽衣はその様子を隠れて眺める。

するとふいに会話が聞こえてきた。

「――そういえば、この池に竜神伝説があるのは知ってるか？」

「ああ、昔話だろ？」

竜神と聞いた瞬間は驚いたけれど、二人はそれ以上竜神の話題には触れず、先へと進んで行く。

仕方のないことだが、現代では、竜神の存在を心から信じて崇拝する者など、ごくわずかなのだろう。

「なんだか、不思議です。……以前は、私もあの二人と同じだったから」

「見えないものは信じられない。それは、別におかしいことじゃない」

「……そうです、けど」

信じてもらえなければ、消えてしまう。

竜神とはそういう存在なのだと知っているだけに、考えると胸が苦しい。――けれど。

そのとき、ふと、お浪の姿が頭に浮かんだ。

とても小さくなってしまっていた篠島の竜神と比べ、お浪の姿からは、消えてしまいそうな危うさは感じられなかった。

つまり、この時代にも、大浪池の竜神の存在を信じ、祈っている者がいるということになる。

「さっきの二人はあまり関心がなさそうでしたけど、ここを大切に思ってる存在が、ちゃんといるんですね。お浪さんの姿、消えそうにないですもん」

「……当然だ」

「え？」

思わぬ返事に、芽衣は天を見上げる。

すると、天はごく当たり前だと言わんばかりに、芽衣を見て頷いた。

「あの夫婦の妖たちが、まさにそうだろう。……長い年月、心の拠り所にし、願いをかけていた。──おそらく、今も」

その瞬間、芽衣は目を見開いた。

そして、どうしてそんな当たり前のことを思いつかなかったのだろうと、心がざわめいた。

確かに、夫婦の妖たちは、生きていたときから大浪池に祈りを捧げていた。それこそ、竜神の心を動かしてしまう程に。

「……今も、お浪さんは、あの二人に守られてるってことですか……?」

「結果的にそうなるな」

「……」

心がぎゅっと震える。

確かに、お浪たちが迎えた結末はとても救いのないものだったかもしれない。しかし、夫婦が子を望み、お浪が心を動かすという悲劇のはじまりは表面的な出来事に過ぎず、本当はずっと昔から、——とても深いところでお浪と夫婦は繋がっているのだと、感じずにはいられなかったからだ。

お浪は、自分が犯したのは取り返しのつかない重い罪だと話していた。そして、芽衣はそんなお浪になにも言ってあげることができなかった。

けれど、——本当にそうだろうか、と。

互いの繋がりの深さに改めて気付いた芽衣の心は、迷う余地なく、それを否定している。

取り返しがつかないなんてことはないと。今、お浪が——竜神が、姿を保っていることがすべてだと。

それは、芽衣の中で、お浪に伝えるべきことがはっきりした瞬間だった。

「天さん……、お浪さんに会いに行きましょう……！」

突如、切羽詰まった様子でそう言う芽衣に、天は驚く。けれど、なにかを感じ取ったのか、こくりと頷いた。

「この時間なら池の底だろう。むやみに探すよりも、夜を待った方がいい」

確かに、芽衣たちだけでは、池の底にいるお浪に会いに行くことはできない。

じれったく思いながらも待つ他なく、芽衣たちは、ふたたび森の中に身を隠した。


暗くなるまで待ちながら、芽衣は、お浪に伝えるべき気持ちを言葉にするため、延々と悩んでいた。

心に迷いはないけれど、いざ言葉にするとなると難しい。お浪が持つ深い罪の意識を軽くしてあげたいと、その思いがあまりに強いせいか、考えれば考える程にどの言葉も薄っぺらく思えてならない。

芽衣は幹を背もたれに空を仰ぎ、並んで座る天の肩にこてんと頭を預けた。

「そういえば私……、文章考えるの苦手でした……」

「文章？」

「はい……。作文とか、読書感想文とか……」

「なんだそれは」

天は寄りかかる芽衣を自然に受け入れながら、馴染みのない言葉に眉根を寄せた。

「せっかく時間があるので、お浪さんに伝えたいことをしっかり考えようと思ったんですけど……」

「そもそもお前は、考えて喋ることなんてあるのか？」

「……失礼ですよ」

芽衣は天を睨むけれど、天はその理由がわからないとばかりに首をかしげる。

「発言も、行動にしても、すべて思い付いたままだろう」

「そ、それは、まあ……」

まさか追い打ちをかけられると思わず、そして否定もできず、芽衣はがっくりと項垂れた。――けれど。

「だからこそ、粗削りでも伝わるんじゃないか」

まさかの言葉に、芽衣は思わず顔をあげた。

「え……？」

「……誰かの心を動かす言葉っていうのは、そういうものなんだろう。……お前を見ているとそう思う」

「……」

天には感情まかせの行動をいつも叱《しか》られてばかりだったのに、まさかそんなふうに思っていてくれていたなんて、意外だった。

じっと見つめると、天は少し気まずそうに目を逸らす。

「前の俺なら、やたらと頑《かたく》なで融通のきかない神たちの心を動かすなんて、不可能で不毛だと思っていただろう。……だが、芽衣がいれば不思議とできるような気になる。……実際に、何度も目にしてきた」

「天さん……」

「それが、ヒトだからなのか、芽衣だからなのかはわからないが。……そもそも俺は、芽衣以外のヒトをあまり知らないからな」

最後のひと言は、照れているかのように、だんだん小さくなっていく。

そんな天の様子は、無防備だった芽衣の心をこれ以上ないくらい締め付けた。

嬉しい、と。そして、——愛しい、と。

頭で考えるよりも先に、心がそう訴えている。

芽衣はたまらない気持ちになって、天の手をぎゅっと握った。

「今のお前が放つ気配は、ヒトでも神でもない。……おそらくあの二人からすれば、お浪に近いんだろう」

天は妖たちから逃げながら、そう話した。

神でありながらヒトとして生まれたお浪と、ヒトでありながら神の世に留まる芽衣との間に、共通する気配があるという理屈はなんとなく理解できる。

しかし、拭えない違和感もあった。

「ですけど……、お浪さんだと思いながら、どうして襲いかかるんですか……？」

「深い執着とはそういうものだ。長い年月求め続けたものがようやく現れたというのに、逃げられてしまえば、愛情が歪むこともあるだろう」

「……私が、現れたから……」

心が重く疼く。

芽衣が現れたことで、妖たちの感情を計らずも煽ってしまったのだと思うと、胸が苦しかった。

しかし、落ち込んでいる暇はないと、芽衣は気持ちを奮い立たせる。

気付けば、太陽も沈みかけていた。

芽衣は天にしがみつき、大浪池を指差す。

「天さん……、大浪池に連れて行ってください……！」

天は背後に注意を払いながら頷いた。

「お前の気配は、簡単に気付かれる。あまり時間はかけられないぞ」

「はい……！」

相変わらず、言葉はなにひとつまとまっていない。いっそ心の中を見せられたらどんなにいいかと考える程に。

けれど、もはや考えている場合ではなかった。

やがて天は大浪池の岸で立ち止まり、芽衣を下ろす。

「お浪さん……！」

芽衣は、池に向かって必死にお浪を呼んだ。

すると、静まり返っていたはずの水面に、突如、波紋が広がる。

そして、芽衣の呼びかけに応えるかのように、池の底から小さな泡がキラキラと浮かび上がり、――やがて、お浪が姿を現した。

しかし、お浪はすぐに夫婦の妖の気配を察してか、慌てた様子で芽衣たちに視線を向ける。

「急いで隠れなければ。さあ、一緒に――」

「ご両親に、会ってあげてください……！」

唐突な訴えに、お浪は言葉を止め、目を見開いた。

辺りがしんと静まり返る。

「なにを……」

「お願いです……！　一度でいいから……」

散々考えていたというのに、芽衣にはもはや、言葉を選ぶ余裕なんてない。天が言ってくれたように、感情任せの言葉が届くことを信じるしかなかった。

しかし、お浪は口を固く結び、ゆっくりと首を横に振る。

「……私は二人に不幸しか与えませんでした。……これ以上、悲しませるわけにはいかないのです……」

「不幸しか与えてないなんてこと、ないです……！」

「いいえ。……今の二人の悲しい姿こそ、なにもかもを物語っています。……彼らが浮かばれるために、私を忘れてほしいのです。それは、途方もない時間がかかるでしょうが――」

「忘れてほしいなんて……、本当に……、本当に、心からそう思ってますか……⁉」

「芽衣……？」

お浪の瞳がわずかに揺れた。

そこには、――本当は否定してほしいと、芽衣に対するほんのわずかな希望が込められているように思えてならなかった。

「今のお浪さんを……、大浪池の竜神様の存在を支えているのは、今も祈り続けるご両親でしょう……？　私は、とても小さく消えかけてしまった他の竜神様にお会いしたことがあります……！　けれど、あなたはそうじゃない……！」

「それは……」

「今でも二人が大浪池に祈る理由は……、きっと、大浪池がお浪さんという愛しい存在を与えてくれたからだと……、そう思って感謝してるからだと思うんです……！」

お浪は相槌を打たず、ただ芽衣を見つめていた。

その深い目の色は、長い年月抱えてきた悲しみと後悔が満ちているようで、見ているだけで心が痛んだ。

できるなら、救われてほしいと。

この悲しみから解き放たれてほしいと。

芽衣は、そう願いながら、言葉を続ける。

「それくらい……、生まれてきたことを奇跡だと思うくらい愛しいあなたのことを忘れるなんて、二人には何千年経ったってきっと無理です……！」

お浪の瞳から、一粒の涙が零れた。

それはまるで真珠のように輝きを放ち、池へと吸い込まれていく。昨晩見た涙とは、少し違っているように思えた。

「お浪さん……、私たちヒトの寿命はとても短いんです……。だからこそ、あなたと過ごした十八年は、二人にとって人生を象徴するものだったと思います！　何物にも代えがたい、幸せな日々だったと思うんです……！　……それをあなたが後悔してしまえば、そんな幸せをもすべて否定することになりませんか……⁉　その方が、よっぽど残酷です……！」

気付かないうちに、芽衣の目にも涙が溢れていた。

芽衣を見つめるお浪の表情があまりに辛そうで、見ていられない。――けれど。

寿命を終えてもなお、お浪を求め続け妖と化してしまった二人を救えるとしたら、それは、お浪以外にいないだろう、と。

芽衣はそう思わずにいられなかった。

「お浪さんは、間違っています……。ヒトが救われる方法は、そんなに複雑じゃない……。私にはわかるんです、だって私もヒトだから……！」

「……」

「きっと、二人が望んでいるのは、お浪さんが思うよりもずっとささやかなものなんです……!」

芽衣は、次から次へと溢れる涙を拭う。

妖たちのことを思いながら、芽衣は密かに自分と重ねていた。芽衣が抱える望みもまた、ヒトにとってはささやかで、けれどなかなか一筋縄では叶えられないものだからだ。

それがもし打ち砕かれたときは、おそらく二人のように苦しみ続けるだろう。

ヒトではなくなりかけている今の芽衣にとって、お浪を失った悲しみに暮れた夫婦の妖たちの姿は、とても他人事とは思えなかった。

ただ、そんな恐怖を身近に感じながらも、芽衣が我を忘れずにいられる理由は、やはり、芽衣の望みを「俺の問題でもある」と言ってくれる天の存在が大きい。

背中に天の気配があるだけでどれだけ心強いか、おそらく天は知らないだろう。芽衣はそんなことを考えながら、言葉を続けた。

「……会ってあげてください。……二人が大切にしている思い出を、どうか……、守ってあげてください」

周囲は、しんと静まり返っていた。

お浪はなにも言わず、その表情から心の中を察することはできない。

沈黙は、とても長く感じられた。

やがて、赤く染まった木の葉が一枚、お浪の肩にひらりと落ちる。

お浪はそれを手に取り、わずかに目を細めた。

「……私にとっても……、それはそれは、とても幸せな日々でしたよ」

それは、これまで見せたことのないくらいの柔らかい表情だった。

「幼い頃のことを、よく覚えています。夏には両親とここで一緒に水遊びを、……秋には紅葉《もみじ》狩りをして……、笑いの絶えない、幸せな時間でした。ずっと共に過ごしたいと、私だって望んでいました」

「お浪さん……」

「ですが、それは叶わず……。あまりに悲しく、辛く、……すべて忘れてもらうことこそ、救いだと思っていました。……ですが、私がしていたことは、あの日々をもなきものにしようとする、とても残酷なことだったのですね。ごめんなさい。——お父さん、お母さん」

ふいに、お浪は芽衣たちの後ろに視線を向けた。

芽衣たちが同時に振り返ると、そこに立っていたのは、――お浪を探し続けていた夫婦の妖たち。

しかし、その姿はもはや妖ではなく、光の戻った目で、嬉しそうにお浪を見つめていた。

いつからそこにいたのか、芽衣にはわからなかった。

けれど、おそらくお浪の話を聞いていたのだろう、二人はとても幸せそうに微笑んでいる。

「……ああ、お浪……、ようやく、会えた」

「お浪よ、……傍へ来ておくれ」

神様の姿であっても、二人は迷うことなくお浪と呼んだ。

愛しい我が子を呼ぶ、優しさの溢れる声で。

もはやそれだけで、説明はなにもいらない気がした。

お浪は涙を流しながら、両親たちにゆっくりと歩み寄る。

「私は、あなたたち二人に嘘をついていました。……あまりにも、残酷な嘘を。長く共にいられないと知りながら、黙って二人の元から去らなければならなかったこと……、本当に、本当に……」

「お浪、もういいの」

声を詰まらせたお浪の頭を、両親たちは優しく撫でる。

そのときの二人は親の顔をしていたし、お浪もまた、娘の顔をしていた。

「……お前は神様だったのか。どうりで美しい」

「いいえ……、私は二人にとても醜い姿を晒しました……。周囲の者たちからも気味悪がられて噂になり、きっと、恥ずかしい思いをさせたことでしょう……」

「なにを言っているの。……どんな姿であろうとも、関係ないのよ。お浪はなにより愛しい、私たちの宝物だったのだから。……だから、もう一度会いたくて……、たった一度でもいいから、会いたくて」

「お父さん、お母さん……」

二人の周りは、キラキラと輝いていた。

おそらく、ヒトに戻り、浮かばれようとしているのだろうと芽衣は思う。

二人が抱えた執念は、すっかり晴れてしまったらしい。本当に、たった一度会えただけで。

やがて、お浪は二人と手を繋ぎ、長い空白の時間を埋めるかのように額を寄せ合う。

やがて、二人の姿は光を放ちながら、少しずつ空気に溶けていった。

お浪は、最後に手のひらに残った光のかけらを名残惜《なごり》しそうに見つめ、そっと胸に寄せる。

きっと、ヒトの世で過ごした日々を思い出しているのだろうと、芽衣は少し切ない気持ちでその様子を見守っていた。

十八年という年月は、神様たちにとって、ほんの一瞬の出来事だという。なのに、お浪のように大切に心に留めていることが、芽衣にとっては救いでもあった。

いくらこの世界に留まることができたとしても、ヒトの寿命はとても短い。

もし、自分が去らねばならなくなったとき、こうして大切に思い出してもらえるのならどれだけ幸せだろうと、自分と重ねずにはいられなかった。

やがて、お浪はゆっくりと顔を上げ、芽衣たちの方へ視線を向ける。そして、まるで少女のような笑みを浮かべた。

「ヒトが持つ愛情とは、愚直で深く……、そして、とても美しいのですね。……芽衣、あなたのお陰で、大切なことに気付くことができました、……ありがとう」

「お浪さん……」

「……思えば、芽衣は最初からずっとその名を呼んでくれていましたね。……お浪と呼ばれると、ヒトに――、両親たちに近付けたような気がして、幸せな気持ちになります」

そう話すお浪は、はっとする程美しかった。

泣いてばかりで暗い表情だったときと、同じ神様だとは思えないくらいに。

やがて、お浪は両親たちと繋がっていた手のひらを見つめながら、とても切なげに息をつく。

「ただ……、本音を言えば、少し寂しいですね。……どんな姿であろうとも傍にいてほしかったのは、……私の方なのかもしれません」

その言葉は、芽衣の心に強く響いた。

どんな姿であっても傍にいたい。そして、傍にいてほしい――。それはおそらく、神様たちであっても簡単には叶わない願いなのだろう。

だからこそ、こうして芽衣も、少しの希望をかき集めるかのように、ここを訪ねたのだから。

するとそのとき、まるで芽衣の不安を見透かすかのように、お浪が芽衣の前に立った。

そして芽衣の手を両手で包み込み、ゆっくりと目を閉じた。

「……ヒトの心は、やはりヒトであるあなたが一番わかっていました。……訪ねてくれて、ありがとうございます。私は、天照大御神様の元へ参ります」

芽衣は深く頷く。

これで、天照大御神から受けた頼みごとは解決となった。芽衣は大浪池へ帰っていくお浪に手を振りながら、ほっと息をつく。

「少し……、切ない頼まれごとでしたね」

「……そうだな」

こうして——、芽衣たちは、大浪池を後にした。


「わあ、懐かしい！」

帰り道、天は伊勢湾を見渡せる高台で足を止めた。

遠くに小さく見えるのは、夫婦岩《めおと》。そしてその近くには、芽衣が記憶を操作されてヒトの世に戻ったときに働いていた旅館、「華月《かづき》」がある。

天は芽衣を座らせると、左手を取り、指先の傷口を見つめた。すると、ほんのわずかに血が滲む。

「うわ……っ」

「……あれだけ苦労をしても、なかなか完全には戻らないな」

「え？」

「……地道な作業だ」

そう言われ、芽衣は天が言わんとすることを察した。

そもそも、こうしていろんな場所を巡っているのは、芽衣がヒトであり続けるため。

ことの発端となった、ヒトではあり得ない奇妙な傷は今、状況を測る目安となっている。

ほんの一滴滲み出た血はすぐに乾き、天は懐から布を取り出して、芽衣の指先に巻いた。

「……まぁ、急に血がどばっと噴き出しても困っちゃいますしね。これだけ豪快に切ってれば、普通は大出血ですし」

「強がるな」

ピシャリと言われ、芽衣は口を噤んだ。

最近は、本音をことごとく見透かされ、困惑してしまう。

「って言いますけど、選択肢なんて強がるか悩むかしかないじゃないですか」

「さすが単純だな。……だが、もしその二択なら、悩んだ方がマシだ」

「……そうでしょうか」

少し拗《す》ねたような口調に、天はかすかに笑った。そして、華月の方に視線を向け、目を細める。

「……戻りたくなることはないのか。……ヒトの世に」

突如投げかけられた思わぬ質問に、芽衣の心臓がドクンと大きく鼓動した。

その意図が知りたくて天を見つめても、いつも通り涼しい表情をしていて、なにも読み取れない。

ただ、――指先を包む手には、力が込められていた。

平然としているようで、本当は天も不安に思ってくれているのかもしれないと、芽衣の心がぎゅっと震える。

「まあ……、ヒトの世は私にとって故郷のようなものですし、とても大切ですけど……、これからどこで生きたいかを、迷ったことはないです」

「……そうか」

「どうして、そんなことを聞くんですか？」

改めて聞かなくてもわかっているだろうにと、芽衣は天の横顔を見つめながら、首をかしげた。

明るい色の髪が、昇りはじめた太陽に照らされ、キラキラと輝いている。

答えが気になりそわそわする気持ちの一方で、その美しさに見とれてしまっている自分がいた。

「――ヒトとは不思議だと、改めて思った」

ふいに零した天の言葉は、理解するのに、少し時間が必要だった。

キョトンとする芽衣を他所に、天は言葉を続ける。

「……抱える感情も、竜神が言っていた通りあまりに愚直だ。……そして、それが願いだろうが、恨みだろうが、とても深い。……神をも戸惑わせる程だとは思わなかった」

それは少し不安げに聞こえ、芽衣は天の手をぎゅっと握り返した。

「……私のことが、怖くなりました？」

そう言って笑うと、天はやれやれといった表情を浮かべる。

「なんで俺がお前を怖がる」

「また天さんに騙されてヒトの世に追い返されたら、今度こそ妖になるかもしれないじゃないですか」

「おい……、お前、まだ根に持ってるのか」

「持ちますよそりゃ。多分、一度恨んだら最後、相当しつこいタイプですよ、私」

冗談めかして睨むと、天は大袈裟に溜め息をついた。

その様子が可笑しくて、芽衣はつい笑う。

その瞬間――、ふいに、天の手が頬に触れた。

「……なに考えてる？」

「え？」

あまりに唐突な質問に、芽衣は驚いて天を見上げる。

すると、天は困惑した様子を隠そうともせず、むしろ少しもどかしげに芽衣を見つめていた。

芽衣は戸惑いながらも、天の手に自分の手をそっと重ねる。

「私は……、別に、複雑じゃないですから」

「なに？」

「多分、天さんが予想してる通りのことを考えてます」

「……」

天の瞳が、わずかに揺れた。

それが、あまり見たことのない表情だったから、芽衣はつい見とれてしまった。

すると、天はいつもよりも少し余裕のない仕草で、芽衣の体を抱き寄せる。

「天さ……」

さっきから、予想のつかない行動ばかりだ、と。芽衣は動揺しながらも、天に身を任せた。

天の体温が伝わると同時に、心がふわりと温もっていく。

それがあまりに心地よくて、思わずぎゅっと抱きつくと、天はふたたび溜め息をついた。

「……まさかお前、狐に変われとか思ってないか」

「はい……？」

「ときどき、飼い犬かなにかだと思われてる気がしてならない」

芽衣が堪らず吹き出すと、天は抗議するように両腕に力を込める。

「飼い犬って……！　ってか、むしろ天さんの本来の姿は狐の方でしょう……？」

「そうだな。……そもそもは、神々を相手に宿をする上で、荼枳尼天から言いつけられ、やむを得ずヒトの姿を選んだ。思えば、昔はこんな面倒な格好をするのが嫌でたまらなかった」

「そ、そうだったんですね……」

その話を聞いて、芽衣は妙に納得した。

あまり細かいことに頓着しない天がやたらと派手な格好をしている理由も、茶枳尼天の指示となれば妙に納得できる。

しかし、芽衣にはひとつ疑問が浮かんだ。

「……ってことは、狐の姿の方が楽なんですよね……？　だったら、私が狐になってほしいって言っても、文句言う必要ないじゃないですか……」

そう言うと、天は体を離し、うんざりした表情を浮かべて芽衣の手を握る。――そして。

「……こっちの方が都合がいいだろ。狐じゃお前の枕が関の山だ」

そう言うと同時に芽衣の手を引き寄せ、指を絡ませた。

少し遠回しな上、拗ねた言い方だったけれど、天の言わんとすることが、芽衣には十分すぎる程伝わっていた。

「天さ……」

「断る」

「なにも言ってません……」

いつもよりしっかりと繋がれた手から伝わる感触が、芽衣の顔の熱をどんどん上げていく。

けれど、このときばかりは、狐になってくれればいいのにという気持ちにはならなかった。

むしろ、とても大切なものを扱うかのように包まれるこの心地が、いつまでも続いてほしいとすら思った。

芽衣は、やはり自分の望みはたったひとつだと、改めて実感した。

天の傍にいれば、そのシンプルな望みは強まっていく一方だ。芽衣は、少しでも長く続くようにと願いながら、天の胸に顔を埋める。

天はそれを黙って受け入れ、芽衣の頭に頬を寄せた。

芽衣はその温もりを感じながら、――この居場所を失わないためならば、自分はなんだってできるのかもしれない、と。

密かに、そう思っていた。

大浪池《おおなみいけ》の竜神《りゅうじん》

鹿児島県霧島山の火口湖、大浪池に棲む竜神。
ヒトに寄り添う、慈悲深い神様

双葉文庫

た-46-15

神様《かみさま》たちのお伊勢参《いせまい》り ❼

波乱《はらん》の戌神《いぬがみ》捕《と》り物劇《ものげき》

2020年3月15日　第1刷発行

【著者】
竹村優希《たけむらゆき》
©Yuki Takemura 2020
【発行者】
島野浩二
【発行所】
株式会社双葉社
〒162-8540 東京都新宿区東五軒町3番28号
［電話］03-5261-4818(営業)　03-5261-4851(編集)
www.futabasha.co.jp
(双葉社の書籍・コミックが買えます)
【印刷所】
中央精版印刷株式会社
【製本所】
中央精版印刷株式会社

【表紙・扉絵】南伸坊
【フォーマット・デザイン】日下潤一
【フォーマットデジタル印字】恒和プロセス

落丁・乱丁の場合は送料双葉社負担でお取り替えいたします。
「製作部」宛にお送りください。
ただし、古書店で購入したものについてはお取り替えできません。
［電話］03-5261-4822(製作部)

定価はカバーに表示してあります。
本書のコピー、スキャン、デジタル化等の無断複製・転載は
著作権法上での例外を除き禁じられています。
本書を代行業者等の第三者に依頼してスキャンやデジタル化することは、
たとえ個人や家庭内での利用でも著作権法違反です。

ISBN978-4-575-52333-1 C0193
Printed in Japan

FUTABA BUNKO

神様の棲《す》む診療所

竹村優希

東京の大学病院で働いていた比嘉篤は、父親の診療所を継ぐために8年ぶりに沖縄に帰った。患者は元気なおばぁだけ、という毎日に辟易としていたある日、診療所に朱色の髪をした裸足の子供がやって来た。子供は篤のことを知っているようだが、篤に記憶はない。診療所に入り浸っている謎の青年・宮城獅道は、その子は庭の枯れかけたガジュマルの木に棲む精霊・キジムナーだと言うが――南の島の神様や精霊たちとの交流を描いた、心温まる物語。

発行・株式会社　双葉社

FUTABA BUNKO

発行・株式会社　双葉社

FUTABA BUNKO

出雲のあやかしホテルに就職します
硝子町玻璃
Garasumachi Hari
女子大生の時町見初は、幼い頃から「あやかし」や「幽霊」が見える特殊な力を持っていた。誰にも言えない力を抱え、苦悩することも多かった彼女だが、現在最も頭を悩ましている問題は、自身の就職活動だった。受けれども受けれども、面接は連戦連敗。まさに、お先真っ黒。しかしそんな時、大学の就職支援センターが、ある求人票を見初に紹介する。それは幽霊が出るとの噂が絶えない、出雲の曰くつきホテルの求人で――。「妖怪」や「神様」たちが泊まりにくる出雲のホテルを舞台にした、笑って泣けるあやかしドラマ!!

発行・株式会社　双葉社

FUTABA BUNKO

時給三〇〇円の死神
The wage of Angel of Death is 300yen per hour.
藤まる
「それじゃあキミを死神として採用するね」ある日、高校生の佐倉真司は同級生の花森雪希から「死神」のアルバイトに誘われる。曰く「死神」の仕事とは、成仏できずにこの世に残る「死者」の未練を晴らし、あの世へと見送ることらしい。あまりに現実離れした話に、不審を抱く佐倉。しかし、「半年間勤め上げれば、どんな願いも叶えてもらえる」という話などを聞き、疑いながらも死神のアルバイトを始めることとなり――。死者たちが抱える切なすぎる未練、願いに涙が止まらない、感動の物語。

発行・株式会社　双葉社